ハヤカワ文庫JA

〈JA1573〉

裏世界ピクニック 9

第四種たちの夏休み

宮澤伊織

早川書房

9059

挿絵／ shirakaba

目次

裏世界ピクニック9

第四種たちの夏休み

ファイル 27

獅子の卦

1

マヨイガは死んでいた。

廃墟と化した屋敷の前で、私と鳥子はしばらく愕然と立ち尽くしていた。

和洋折衷の館はボロボロで、人が住まなくなってから何十年も経ったみたいに朽ち果てている。屋根と柱はかろうじて保っているものの、窓は破れて戸も倒れ、吹き込んだ風雨に屋内も蝕まれているのが、家の外からも見て取れる。隅々まで手入れが行き届いていた、かつての姿はもうどこにもない。

「中にいると思う？　あの二人……」

そう訊いてみると、鳥子は首を横に振った。

「いたとしても……」

と言いかけて口をつぐむ。何を言おうとしたのかはわかった。

いたとしても、たぶん、生きてはいない——。

自然にそう考えてしまうほどに、目の前の建物には生活の気配がなかった。

ハンターの外館（とだて）と、パートナーの猟犬ハナ。ふたりが暮らしていたこの屋敷は、裏世界の中で数少ない安全地帯のような気がしていた。誰もいないのにひとりでにメンテされる得体の知れない建物なのに、そう思わせる穏やかな雰囲気があったのだ。

廃墟と化したマヨイガの姿は、それが錯覚に過ぎなかったことを、まざまざと私たちに見せつけていた。

「——とにかく、確認はしないとね」

気を取り直すように鳥子が言った。そうだ、たとえ外館とハナが生きていなかったとしても、それを見届ける必要はあるだろう。ふたりの安否を確認するために、私たちは来たのだ。

ライフルの安全装置をもう一度チェックしながら、外館が私たちの銃の扱い方を褒めてくれたのを思い出す。

「いい?」

そう訊くと、鳥子が無言で頷く。

もう安全地帯ではないマヨイガの廃墟に、私たちは踏み込んでいった。

鳥子の姿に化けた〈むじな〉に遭遇して、家の近所を走っていたはずのバスから一人で裏世界に入り込んだのは、ほんの数日前のことだ。幸いと言うべきか、こちらに出てきた場所は見覚えのあるスポット——マヨイガ下の山道にあるバス停だった。危険な裏世界の夜だったこともあって、私は何も考えずにマヨイガに逃げ込んだ。

そのときにはまだ、マヨイガは健在だった。

ただ、そこには誰もいなかった。外館もハナも、痕跡すら見当たらなかった。仕方なく私は、夜が明けるまでの避難のつもりで、二階の寝室の一つを借りて眠りに就いたのだけれど……。

どうにか表の世界に戻ることはできたものの、外館とハナが無事かどうかはわからないまま。そのときは私も余裕がなくて、自分のことで手一杯だったけれど、ふたりのことはずっと心に引っかかっていた。なので、鳥子といろいろあって一旦落ち着いてから、マヨイガの異常について相談したのだ。

ふたりが心配なので様子を見に行きたいという私の提案に、思った通り、鳥子は即座に同意してくれた。外館とハナに直接会ったときは、人見知りが発動してろくに喋らなかったのに。そういうところは、鳥子はずっと変わらない。一度会っただけの相手を心から心配できる女だ。

「空魚は変わったね」

という鳥子は、なんだか嬉しそうだった。

「そう？」

「前はもっと、他人がどうなろうと興味ないって感じだった」

否定はしない。今でも自分の中に、そういう部分は生き続けている。

でも今は、そこまで人を簡単に切り捨てられるような気がしない。小桜も茜理も、潤巳るなでさえも。外館とハナなんて一度会っただけで、友好的に接してはもらったものの、それこそ向こうが私たちに興味を持っているとも思えなかった。なのに切り捨てるどころか、心配してしまっている。どうしてだろう。

「前から言ってるでしょ。空魚が優しい子だからだよ」

「そうかなあ……」

どうにも首をひねってしまう。鳥子が人を心配するのは、それこそ心の底からの優しさに基づいているように思えるのだけれど、自分の場合は違う気がしてならない。私のそれが鳥子の言うとおり〝優しさ〟だとしても、私の優しさは、喩えるなら後から載っけられた「外付けの優しさ」のように感じる。

ともあれ、装備を調えて私たちは出発した。ＤＳ研の駐車場から、〈地下のまる穴〉を経由して飯能の〈牧場〉に行き、そこからゲートを通って裏世界に入った。静かな草原にＡＰ－１のエンジン音を響かせて、前にも通った尾根道を行き、バス停にＡＰ－１を置いて石段を登ると、マヨイガの塀に沿った小道に出た。塀越しに見え隠れする建物が、なんだか荒れているように見えて、その時点でもう違和感があった。胸騒ぎを覚えながら表に回って、門から中を覗くと、荒廃したマヨイガが目に飛び込んできたのだ。

埃に汚れた床板が、一歩ごとに足の下で軋む。最初に来たときは、土足で上がるのを躊躇うほど綺麗だったのに。大きな穴が開いていたり、畳が腐って床下に落ちているところもあった。風雨に曝されて長い年月が経ったとしか思えない荒れ方だ。

「あんなに綺麗だったのに」

厨房を見渡して、鳥子が哀しそうに呟いた。

戸の倒れた裏口から吹き込んだ砂埃が、流し台にまで分厚く積もっている。食器棚は地震でもあったみたいに傾いて、なだれ落ちた瀬戸物の破片が床に散らばっていた。パン窯の蓋にも無惨に錆が浮いている。壁際に吹き寄せられた枯れ草の束は、天井からぶら下がっていたハーブだろうか。

「空魚が一人で来たときは、こんなんじゃなかったんだよね？」

「全然……。誰もいなかったけど、建物は無事だった」

「何があったんだろう」

鳥子の疑問に、私は首を振ることしかできない。

踏み板が破れないか警戒しながら、階段を慎重に登った。二階も同様に荒れていて、私たちが呼びかける声に応えはなかった。

レトロな洗面所、タイル細工の見事なお風呂場、一階の廊下と交叉する渡り廊下……。どこも見る影もなく荒れ果てていた。以前の姿を知っていると、警戒心よりも哀しさが勝った。私たちが着せ替えで遊んだ大きなウォークインクローゼットは、ぼろぼろの服が散乱して足の踏み場もなかった。

何部屋も連なる客用の寝室をチェックしていると、先に立っていた鳥子が一つの部屋の前でぴたりと動きを止めた。

「どうかした？」

「見て」

戸口から目を逸らさないまま鳥子が言った。腰だめに持ったＡＫを室内に向けている。

横から覗き込むと、乱れたベッドが目に入った。ぐしゃぐしゃのシーツの上に、毛布が丸まっている。ちょうど下に誰かが――もしくは何かが、うずくまっているかのように。

「……外館さん？　ハナ？」

呼びかけてみても、ベッドの上の塊は動かなかった。しばらく様子を見たけど、呼吸している様子はない。

部屋に足を踏み入れる。鳥子と顔を見合わせる。こちらの動きに反応はない。たぶん、考えていることは同じだ。私は屈んで、床に垂れ下がっていた毛布の端を摑んで――覚悟を決めて、思いっきり引いた。

毛布の下にあったものが露わになる。

冷たくなった外館かハナか、その両方かの遺体を目にすることになるだろうと、私は半ば予想していた。でも、違った。

乱れたシーツの上にあったのは、光沢のある塊。透き通った人肌の色の上に、金色の筋が無数に流れている。長い金髪の女性を象った半透明の粘土細工を潰したら、こんな風になるだろうか。

「なにこれ……？」

鳥子が戸惑った声を上げる。改めて室内を見回して、ようやく気付いた。ベッドの配置、ベッドサイドの小さいテーブル、開け放たれた窓。見覚えがある。

「ここ……この前来たとき、私が寝た部屋だ」

「え、じゃあこれは？」

ベッドの上の塊を指して鳥子が訊ねる。

「鳥子もどき……だったもの、だと思う」

あの夜、私が見たもの。鳥子の姿をした〈むじな〉。

掛け布団の下から姿を現した、その顔を見てからの記憶が途切れている。思い出そうとしても、ぼんやりとしたイメージしか浮かばない。鳥子の顔に間違いないのに、でも――いいいいいいいいいいいい沸騰しているみたいな顔だった。

「うっ……」

口を押さえて、顔を背けた。こみ上げる吐き気をなんとか飲み下す。

「大丈夫？」

「……ごめん、一瞬思い出しちゃって」

ふーっと息をついて、もう一度向き直った。心配そうな顔の鳥子に大丈夫と頷いて、ベッドの上に視線を落とす。

「これがその、〈むじな〉？」

「たぶん」

「死んでる……のかな」

鳥子がＡＫの銃口を近付けて、そっと触れた。カチンと硬い音が鳴った。

「そもそもこれ……生き物じゃないね」

〈むじな〉は微動だにしない。私もおそるおそる手を伸ばして、指先でつついてみた。手袋越しにも硬質な感触が伝わってくる。

「ガラスだ、これ」

「〈むじな〉のいた場所に、ガラスの像が置かれてるってこと？」

「置かれてるっていうか……変わったのかな。変質？」

首をひねっていると、鳥子が何かに思い当たったように顔を上げた。

「前にも見た、こういうの」

「え、どこで？」

「初めてＡＰ－１で遠出したとき。覚えてない？」

言われて思い出した。去年のクリスマスイブ。小桜屋敷のゲートから、ＤＳ研のゲートまで移動したときだ。

「あの、件がいっぱい出てきたときの……」

「そう！　暗くなってから走ってたら、道路に転がってたじゃない、こういうの」

そうだった。あのときは、牛頭人身の牛女のガラスの彫像が、唐突に路上に現れたのだ。

「あれって、どうしたんだっけ。壊したりしてないよね？」

「何もしなかった。でもその後、ガラスじゃなくて……なんていうか、生身の死体……になったやつが出てきて……」

「ああ……そうだったね」

あのときの記憶も少し曖昧だ。精神的に追い込まれていたせいか、それとも、その後のラブホ廃墟でのキスと、クリスマスプレゼントで全部上書きされてしまったせいだろうか。

鳥子は好奇心と嫌悪感の入り交じった顔で、自分もどきのなれの果てを見下ろしている。なんだか気まずくなって、私は口を出した。

「あんまり見ない方がいいよ。いま隠れてるけど、顔すごい気持ち悪かったから」

「これ、なんで裸なの？　なんか嫌なんだけど」

「私だって嫌だったよ」

「え、どうして？」

「どうしてって。鳥子に化けたやつが裸で迫ってきたんだもん。嫌すぎるでしょ」

「私本人ならよかったのにって思った？」

「そんなこと考えてる余裕なかったよ！」

私がムキになったのがおかしかったのか、鳥子は声を上げて笑った。屈んで毛布を拾い上げると、ガラスの像の上に放る。鳥子もどきが覆い隠される。

「〈むじな〉が迫ってきて逃げて……どうやって表の世界に戻ったの？」

鳥子がベッドを離れて、私の立つ窓のそばまで近づいてきた。

「わかんない。気がついたらＤＳ研にいた」

表情が読まれないように、窓の外を向いて言った。潤巳るなの部屋にいて、膝枕で撫でられていたとは口が裂けても言えない。顔を見られたら、何か隠していることは一瞬でばれるだろう。鳥子の前で内心を隠すのは至難の業（わざ）だ。

鳥子が後から抱きしめてきた。後頭部に唇が触れる。

「無事でよかった」

「くすぐったい、つむじが」

文句を言いながら、開け放たれたままの窓から外を眺める。下はマヨイガの洋館部分に面した、砂利の敷かれた車止めだ。あの夜は、ここに大きな黒い車が入ってきて……いや、大きな黒い牛だったっけ？

「外館さんもハナも、どこ行っちゃったんだろう」

頭部に密着して発された鳥子の声で、頭皮が振動する。

「少なくとも、この家の中にはいないみたいね」

「死んじゃったのかとも思ったけど――」

「だとしても何か痕跡は残ると思うんだよ。マヨイガに自動でクリーニングされたとかでなければ」

「クリーニングどころか、汚くなってるもんね」

「ねえ、私の髪食べ始めてない？」

くすぐったさに耐えかねて身を振りほどいた。

「どこかに行ったとしたら、心当たりは一つくらいだけど……」

「どこ？」

「あの、坂の下」

マヨイガの向かい側には、暗くて先の見えない下り坂がある。具体的にどうとは言えないのだけれど、妙に恐ろしくて近づきがたい坂道。夢にも何度も出てきた――黒い獣、牛車(ぎっしゃ)、神輿(みこし)、その時々で姿は違う、何か禍々(まがまが)しいものが坂を登ってくるイメージ。前回訪れたときに現れた黒い車も、その坂から上がってきたのだと思う。私はそれを、マヨイガの主だと思って恐れたのだ。

「あの先かあ……」

鳥子の顔が曇る。

「わかる。ちょっとなんか……怖いよね」

私がそう言うと、鳥子はきっぱりと首を横に振った。

「でも行かなきゃ。ふたりのこと心配だし」

「そう言うと思った」

私たちは寝室を出て、廊下を進んで、吹き抜けになった玄関ホールに出た。二階の廊下からカーブした階段を下って、一階に降りる。玄関の両開きの扉も開けっぱなしで、ホールの床には吹き込んだ木の葉や小枝が散らばっていた。

鳥子が足を止めて、しゃがみ込んだ。

「見て、空魚。足跡がある」

「ほんとだ」

ホールの床に小さな泥の足跡が点々と印されていた。人のものじゃない。尖った二本の蹄(ひづめ)の跡——鹿だろうか。扉から入ってきて、臙脂(えんじ)色の色あせた絨毯(じゅうたん)を踏んで、壁際をうろうろして、それから——

足跡はホールから続く半開きの扉へと続いていた。私たちが草餅をご馳走になった、暖炉のある部屋だ。

扉から覗き込んで、思わずのけぞった。

「わ！」

「なに？」

「いる、鹿」

洒落たカフェのようだった室内も、今は荒涼としている。ひっくり返ったテーブルと椅子、もう灰しか残っていない暖炉。大きな窓から差し込む光さえも薄暗く見える。そんな中に、一頭の鹿が立っていた。

鹿は首を高くもたげて、宙を見つめたまま微動だにしない。いや、違う——目の周りに盛り上がった肉が視界を塞いでいる。何も見えていないだろう。

私と鳥子が現れたのに、鹿はまったく動かなかった。目が見えなくとも、音は聞こえているだろうに。

「これ……生きてる？」

鳥子が不思議そうに言う。私にもわからなかった。さっきのガラスの像とは違って、生きているように見えるけれど、呼吸している様子もない。

部屋に入って、おそるおそる近づいてみる。反応はなかった。天井のシャンデリアに向かってもたげられた枝角には、蜘蛛の巣が引っかかっている。

「生きてないかも、ていうか、剝製……？」

私が口にした次の瞬間、突然氷が解けたように、鹿が跳ね上がった。

声を上げて驚く私たちを尻目に、鹿はでたらめな動きで飛び跳ねて、テーブルの残骸を吹っ飛ばした。静止状態から一転して半狂乱とさえ言えそうな動きは、見えない虫の群れを振り払おうとしているか、乱射される銃弾をかわそうとでもしてるみたいだった。

泡を食って身を引く私たちの前で、鹿はあちこちにぶつかりながら扉を抜けて走り去った。ホールの床を蹴る蹄の音が、玉砂利を蹴立てる音に変わって、遠ざかる。

「び、びっくりしたあ……」

鳥子が抱きついてくるのを受け止める。背中を撫でながら、この子、前はこんなことしなかったのにな、と思う。鳥子のこういう〝女の子っぽい〟仕草は、いつも私を少しだけ動揺させる。親密さを示す動作であって、私に甘えることを意図したものだということは理解しているけれど、人間ってこういうことをするんだな、という一歩引いた感想を私は毎回抱く。嫌ではない。ただ、驚く。

「剝製じゃなかったね」

「食べ物でも探してたのかなあ」

「かもね。外館さんとハナが住んでる間は近づかなかっただろうけど、いなくなったから探検に来たんだ、きっと」

「怖がらせちゃって、悪いことしたな」

身を離した鳥子の顔には、心配そうな表情が浮かんでいた。

「外館さん、熊もいるって言ってたよね」

「言ってた。私もそれ気になってて」

ふたりが熊に襲われたという可能性は、それなりに高いように思えた。ベテランのハンターと猟犬とはいえ、不覚を取ることはあり得る。ましてここは裏世界なのだ。こっち側の熊がどんな生態の動物なのか、私たちは何も知らない。

「行こう」

私が言うと、鳥子も黙って頷いた。ハナの元の飼い主も熊にやられたらしいと、外館が言っていたのを思い出す。熊に遭遇したか、〝マヨイガの主〟に出遭ってしまったか――いずれにしても、おそらくふたりの遺体を見つけることになるだろうと、私はほとんど確信していた。

2

マヨイガの門を出ると、敷地の前には砂利敷きの空き地が広がっている。その向かいに、問題の坂道はあった。

両側から木の枝が覆いかぶさるように茂った、昼でも真っ暗な下り坂。表の世界でも踏み込むのは躊躇(ちゅうちょ)するような暗さだ。

「どう？」

「右目で見たけど、何もなさそう」

「オーケイ、じゃあ……」

オーケーとはほど遠い顔で鳥子が言って、AKに装着したライトのスイッチを入れた。私も自分のライトを点ける。二本の強力なビームが闇を切り裂き……闇に吸い込まれた。

懐中電灯で照らしても先が見えないなんて、まるでホラーゲームのライティングだ――。そう口にしかけて、思いとどまった。わざわざ鳥子を不安がらせる必要もない。

私たちは覚悟を決めて、坂に足を踏み入れた。

足の下でじゃっくじゃっくと砂利が鳴る。たとえライトを消したとしても、私たちの存在はバレバレだろう。傾斜は緩いはずだけど、見通しの悪さと足元の不安定さで、実際より急な坂を降りているような錯覚を覚える。足を滑らせたら、どこまでも転がり落ちそうだ。

　天蓋（てんがい）のように頭上を覆う枝が、風にざわざわと鳴っている。足元と周囲を代わる代わる照らしながら、闇の奥へと降りていく。ときおり、木々の間に何かを見たような気になる。はっとしてもう一度よく見ても、何もいない。右目の視界にも反応はなかった。光の悪戯（いたずら）か、それとも周辺視野が裏世界に適応した生き物の影を捉えたのか。わからないままに私たちは進み続けた。

「聞こえる？」

　不意に足を止めて、鳥子が囁（ささや）いた。私も立ち止まって耳を澄ます。

「……水？」

「じゃない？」

　どこからか聞こえてくるのは、水音のようだった。外館と鹿を狩りに行ったとき、近くに小川があるのは見たから不思議ではない。ただ、いま聞こえているのは、さらさら流れる川の音ではなく、一定のリズムで打ち寄せる波音のように思えた。

　波の音？　こんなところで？　疑問に思いつつも進んでいくと、傾斜が平らになった。木々がまばらになって、視界が開ける。なのにあたりは暗いままだった。陽光が差し込んできていいはずなのに、見上げた空は真っ暗だ。

「もう夜になった……？」

「そんなはずないよ、だって——」

腕の時計の針はまだ正午を回ったところ。外館とハナを探し回ることになるだろうと予測して、余裕を持って出発したから、日が暮れるまでには充分な時間があるはずなのだ。

「実は夜中の零時って可能性ない？」

私の時計を覗き込んで鳥子が懸念を表明する。裏世界絡みで時間の流れがおかしくなった経験は何度かあるから、その心配には根拠がないわけじゃない。

「どうだろう……空に星がないから、夜になったわけじゃないのかも」

夜空じゃないとしたら、じゃあこの暗さは何なのか。

後ろを振り返る。ライトの光の環に、降りてきた坂道がかろうじて照らされている。

「待って。このまま進むと戻れなくなるかも」

私の声に、鳥子も立ち止まる。

「ほんとだ。どうする？」

「ちょっと周り見てて」

リュックを下ろして手を突っ込んで、感触を頼りに、奥に押し込まれていた細い棒状の包みを何本か摑み取った。ライトで確かめると、緑、ピンク、黄色に青の、場違いにけばけばしいパッケージが目に入る。書かれた商品名は読めないけど、見間違いようがない。どこかで使うこともあるかもと買っておいた発光スティックだ。折ると化学反応でしばらく光り続ける商品で、百均のイベントグッズコーナーで買える。

本来はコンサート会場なんかで使うことを想定した商品なのだろうけれど、こういう状況にはうってつけだ。さっそく一本、袋を剝いて折ってみた。両手で持って曲げると、スティックの中で手応えがあって、すぐに発光が始まった。蛍光ピンクの光が周囲を明るく照らし出す。

「えー、こんなに明るいんだ！」

鳥子の面食らった顔も、ピンクの光の中ではっきり見える。予想より光量が強くて、折った私も驚いた。たしか八時間くらい保つはずだし、これなら照明として充分使える。私は手の中のスティックを坂道の方へ放って、もう一本別のを折った。今度は黄色だ。光り出したのを足元に落とす。

「私もやりたい！」

目を輝かせて手を出す鳥子に一本渡すと、待ちきれないように袋を剝いた。表情からもう、わくわくしているのが伝わってくる。スティックが折れて、水色の光が広がった。

「楽しい」

「使えるね、これ。災害時の照明にもなるって言うから役に立つとは思ってたけど、買ってみてよかった」

私たちはまた歩き出した。鳥子は手の中のスティックを、おもちゃをもらった子供みたいに誇らしげに掲げている。適当なところで地面に落としてほしいんだけど、まあ……いいか。

坂を下りきって平らになってからは、地面は砂利から剝き出しの土に変わっていた。ぬかるむほどではないけれど、少し湿っている。

そこに印された足跡に気付いたのは、今度は私の方だった。

「鳥子、これ……」

私が照らした痕跡を見て、鳥子があっと声を上げる。

「これ、ハナの……？」

「かも」

肉球のある小さな足跡は、犬のそれに見えた。私たちと同様、坂の方から来ている。

ハナの足跡だとしたら、近くに外館の足跡もあるかもしれない。そう考えて、ライトを持ち上げて周囲を照らし出した私は、予想外のものを目にして凍り付いた。

いや——予想できたことだったかもしれない。

辺り一面、足跡だらけだった。

一人二人じゃない。湿った土の上には、何十人もが行き来したような跡が残っていた。人の足跡だけではなく、車のタイヤの跡や、蹄の跡、何だか判別のできない動物の足跡も見えた。踏み荒らされていると言っていいレベルだ。外館の足跡があったとしても、これでは見分けようもない。

「夢で見たのと同じだ……」

「え？」

「あの坂をいろんなやつが登ってくるの、夢で見たことあるんだ」

「初耳なんだけど」

「言ってなかったと思う。夢だし」

私が言うと、鳥子は不満そうに私を睨んだ。

「言って、そういうのは」

「いや、だって、夢だもん」

鳥子が発光スティックを地面に落として、AKを両手で持ち直した。

「夢ではその後どうなったの？」

「わかんない。坂を登り切ったところで目が覚めてたから」

「外館さんとハナは？」

「わかんない」

首を振りながら、私はもう一本スティックを折る。

「とりあえず、足跡追ってみよう。ハナが見つかったら、外館さんも一緒にいると思うし」

「オーケイ」

私たちはまた進み始めた。地面の痕跡が、進むにつれて少しずつはっきりしてくる。最初はわずかに湿っている程度だったのが、だんだん水気が増しているのだ。

ずっと聞こえていた水音も近づいている。今はもう、聞き間違えようもない。波の音だ。ただ、大きく打ち寄せる海の波ではない気がした。せいぜいさざ波程度だろう。

やがて、ライトが水面を照らし出して、その予想が裏付けられた。

暗闇の中、真っ平らな水面が行く手に広がっている。黒いガラスのように凪いでいて、岸を洗うわずかな波がなかったら、凍り付いていると思ったかもしれない。

潮の香りもしない。舐めて確かめる気はしないけど、淡水だろう。沖縄に行ったときに、裏世界の海は見ている。あれとは全然印象が違って、地底湖かと思うほど静かだ。実際、湖なのかもしれない。ライトで照らしても対岸は見えないし、それくらいの大きさはありそうだ。

振り返ると、落としてきた発光スティックが帰り道を示してくれている。少なくとも光の届く範囲に、脅威になるものはなさそうだ。それを確認してから、改めて湖に目を戻した。

「空魚、これ――」

鳥子の見下ろす先に目をやると、ハナのものだろう足跡の隣に、小さめの靴の跡が残っていた。

「外館さんのかな」

「結構しっかりした靴に見えるから、そうじゃないかな」

外館がどんな靴を履いていたか思い出せないけど、鳥子の言うとおり、土の上に印された靴底の形は、街歩き用の平べったい靴ではなく、はっきり跡が残るようなアウトドア用の靴のものに見えた。外館の足跡と考えて間違いなさそうだ。

犬と人、ふたり分の足跡はまっすぐ進んで――

「うそ……」

鳥子が呟いた。

足跡はふたつとも、水の中にそのまま消えていた。

ためらう様子もなく、まっすぐに。

3

私たちは水辺に立って、しばらく無言のまま湖を見下ろしていた。

「入水（じゅすい）した……？」

私が口を開くと、鳥子が問いかけるような視線を投げてよこした。

「フランス語？」

「へ？」

面食らって訊き返す。鳥子も戸惑っているようだった。

「Ｊｅ ｓｕｉｓ なんとかって言わなかった、今？」

「言ったけど……水に入るって書いて入水ね」

「ああ……ええと、それはつまり、水に入って溺れたって意味で合ってる？」

「合ってる。水に入って自殺すること」

説明しながら、疑問が湧いてくる。あのふたりが自分から身を投げるだろうか？ 人間だけじゃなくて、犬も？

「おかしいよね。いくらお互い信頼してたとしても」

鳥子も頷いた。

「もし外館さんが水に入っていったら、ハナが止めると思う」

人間と犬が揃って身を投げるはずがない。何か外的な要因があったはずだ。操られていたとか、幻覚を見ていたとか。あるいは、ふたりが来たときはここに水がなかったとか。

――マヨイガの主に出遭ってしまったから？

前回来たとき、私は、屋敷の車止めに入って来たものを恐れた。そのとき頭に浮かんだのが、マヨイガの主という概念だった。

もともとのマヨイガの話にそんな要素はない。でも、聞いた人はみんな考えるんじゃないだろうか。人の居ない山中の屋敷、そこに住んでいるのは山の神か、魔物か、いずれにしても人知を超えた存在のはず。その屋敷に勝手に上がり込んだ人間が、主と鉢合わせしたら、いったいどうなってしまうのか――そんな恐れが頭をよぎるんじゃないだろうか。

坂の上に建つあのマヨイガが、『遠野物語』にあるような民話の事物そのものではなく、裏世界の構造物だと考えると、そういうはっきりとは語られない聞き手の恐れを含む「現象」なのかもしれない。少なくとも私の中にはその恐れがあったし、外館も――もしかするとハナも、内心恐れていたんじゃないかと思う。留守中の人の家に棲み着いているという状況で、住人の帰還に怯えない人はいないだろう。犬がどう思うかは確信がないけど。じゃあ——遭ってしまったらどうなる？　帰ってきた主に見つかってしまったら？　わからない。遭遇したらもう終わり。怪談だったら、それでいい。その人が何を見たか、どんな怖い思いをしたか、すべては想像に任される。むしろ語られないままの方が想像の余地が広がって怖い。外館とハナは行方不明になりました。おしまい。

でも私たちがいるのはその先だ。怪談の向こう側を、私と鳥子は覗き込んでいる。本来だったら語られない、語りえない領域に踏み込んで、その先にいる〈かれら〉に出くわしてしまったら、いったいどうなってしまうのか——そんな恐れが頭を、

「あ」

足元が傾いたような気がして、鳥子の身体にすがりついた。

「空魚？」

「ごめん、ちょっと待って——」

回らない口で謝るうちにも、頭の中は止まらない。

裏世界の向こう側のことを考えたときの感覚だ。〈かれら〉のことに考えが及ぶと、脳内のスイッチがパチンと入ったみたいに、思考の流れが切り替わる。そういう回路ができ

てしまっている。それを自覚してからは、胡乱（うろん）な思考を断ち切って平常運転に戻ることもできるようになったけど、今回は——どこからそうなった？　マヨイガの主のことを考えたから？　そうなのか？　つまり、私がマヨイガの主という概念に抱いている感覚は、裏世界の向こうの〈かれら〉に対するものとニアリーイコールってこと？　それは——辻褄（つじつま）が合う！

　遭ったらもう終わりという怪談は多い。目が合ったら終わり、言葉を交わしたら終わり、声を聞いたら終わり、触れたら終わり、顔を見たら終わり、理解したら終わり——。終わりとはつまり、行方不明、死、狂気、つまりそれは、人間の世界からの退場。つまりそれは、現世（うつしよ）から幽世（かくりよ）への移行で、なぜかというと、向こう側のことを知ってしまったら、向こう側に行くしかないからだ。

「空魚、どうしたの？　大丈夫!?」

　鳥子に揺さぶられて、知らない回路を流れ続けていた意識がこちら側へ戻ってきた。私は鳥子の腕に摑まったまま、ずっと何かを呟き続けていたようだった。隙あらば私を暗闇へ引きずり込もうとする思考に抗（あらが）って、私は頭を持ち上げた。鳥子の顔を見て、正気がじわじわ戻ってくる。

「これ、あれだ——コンタクトなんだ」

それだけどうにか言葉にできた。

小桜と最初に会ったときの会話が脳裏に蘇る。

――空飛ぶ円盤との接近遭遇事例を、ハイネックは第一種、第二種、第三種に分類した。

――第一種は単純な目撃、第二種は侵入、第三種は生物との接触。

――第四種は、接触によって肉体的影響を受けたパターンだ。

――接触の度合いが深まると、裏世界に魅了されて、アディクトして、そのまま帰らない奴もいるし……。

じゃあ、その先は？

第四種まで進んだ接触の、その先には何がある？

第五種接近遭遇では、何が起こる――？

――紙越（かみこし）くんさ、君たぶん今、ファーストコンタクトの最前線にいるんだよ。

辻（つじ）の言葉。DS研で会った、魔術師を名乗る女。

そうか。これがそうなんだ。

今いるここが、そこなんだ。

「わかった――わかった！」

鳥子に伝えようと必死でしがみつく。口から勝手に言葉がこぼれ出る。

「外館さんとハナ、コンタクトしちゃったんだ！　〈かれら〉と！　だから、ここにいられなくなった！　向こう側に行くしかなくなったんだ！」

私を見下ろす鳥子の顔に理解の色が浮かんだと思った次の瞬間、湖の方から、何か聞こえた。赤ん坊が泣くような、発情期の猫のような、不気味な声。

二人ともぎょっとして振り向いた。鳥子のＡＫに取り付けられたライトの光が、さっと湖面を薙(な)ぐ。暗い水面に、何か不明瞭な形のものが浮いているのが見えた。

塊は寝袋くらいの大きさに見えた。反射的に連想したのは、中身の入った死体袋。でも塊が動いたので、その印象はすぐ消えた。びっしり生えた毛が、水に濡れて光っている。寝袋でも、死体袋でもない。生き物だ。魚が飛び跳ねるような動きで、水面をのたうっている。

「空魚、なにあれ!?」

鳥子がＡＫで狙っているから、そいつの姿はライトの輪の中に捉えられ続けている。おかげで動きの激しさにもかかわらず、しっかり観察できた。

全体のイメージは、人間より大きい、バカでかい毛虫。全身を覆う剛毛は硬そうで、毛というよりヤマアラシの棘(とげ)に近いかもしれない。身をくねらせた拍子に、そいつの頭部が見えた。ぽっかりと開いた丸い穴の周りに、三本の短い突起が生えている。正三角形をなすように配置された突起の先端は、ビー玉のような光沢を放つ球体だった。

「……シシノケだ」

棘で覆われた巨大なナメクジのような化け物。三本の突起は目だろうか。ネット怪談でよく知られた存在だ。元の話の語り手は、犬と一緒のキャンプ中に遭遇した。こいつが怪談の文脈に沿って現れたのだとしたら、ハナの存在が引き寄せたのだろうか。

「シシノケ？　ライオンの毛って意味？」

鳥子が不審そうに言った。

「ライオンには見えないけど……毛がタテガミっぽいってことかな」

「たぶん関係ないと思う、ライオンは」

「ないの？」

獣、鹿、猪、肉――どの字も古くはシシと読まれた。山にいて狩りの対象となる大型の動物を指す言葉がシシだ。仮にシシノケの名前が日本の伝承に根差しているとしたら、その辺が出処（でどころ）だろう。毛の生えた大ナメクジのようなその姿は、口だけがある蛇の妖怪、野槌（のづち）を連想させる。

とはいえ目の前に現れたこいつは、伝統的な妖怪や、ネット怪談で語られたシシノケそのものじゃない。これもまた、裏世界の何かがそういうイメージを借りた「現象」のひと

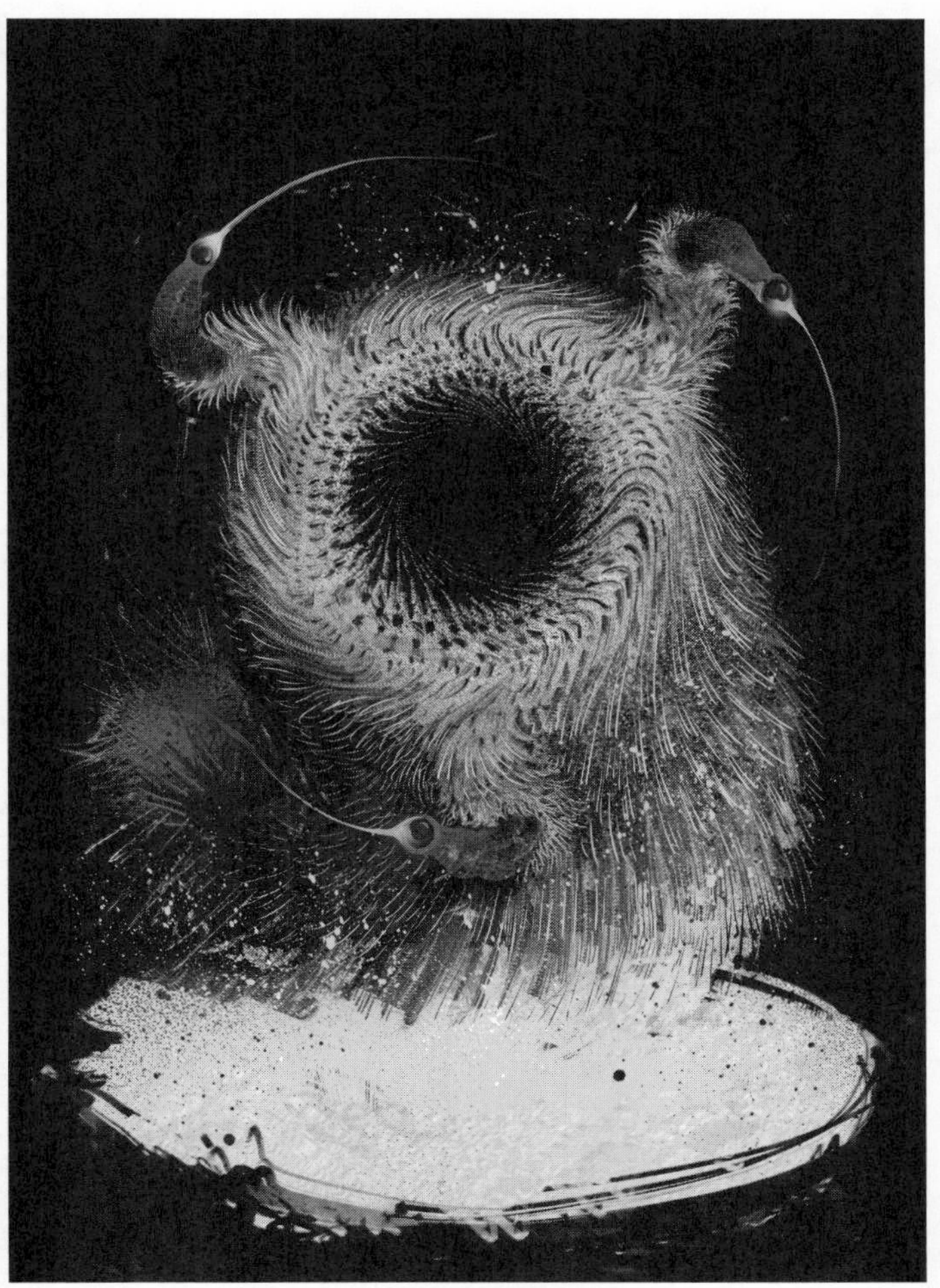

つだろう。

シシノケは湖面を波打たせながら、岸へと近づいてくる。三つの目らしき器官がうねうね動いて、私たちに向けられている。

「撃っていいなら言って」

鳥子が照準を定めながら言った。私は頷く。

「わかった。右目で見てみる」

元の話では確か、こいつに嚙みついた犬が、棘で受けた傷が元で死んでいた。体験者本人も不幸に見舞われていたはずだ。そんな剣呑(けんのん)な怪談の文脈に乗って現れた存在が、無害なわけがない。

私は右目に意識を集中した。まるでそれを感知したかのように、シシノケの身体が湖面から持ち上がった。今にもこちらめがけて飛びかかってきそうな態勢だ。撃って——と口にしそうになった、そのときだった。

シャン！　と鈴の音が鳴り響いて、目の前の光景がぴたりと停止した。

シシノケは、身体の大半を水面から高々と持ち上げたまま凍り付いている。時間が止まったかと一瞬思ったほどだ。鳥子と顔を見合わせる。違う——シシノケの動きだけが止まったのだ。

またシャン！　シャン！　と鈴が鳴った。宗教的な行事で使われる楽器のような響きだった。どこから聞こえてくるのかわからない。強いて言うなら、私たちを取り囲む空間全体が音を出しているように思えた。鳥子にも聞こえているようだから、少なくとも幻聴ではなさそうだ。

シシノケに動きがあった。その場に留まったまま、鈴の音に合わせて大きく身を揺すり、またぴたりと止まる。また鈴が鳴る。また身をくねらせて、動きを止める。歌舞伎の見得（みえ）を切る動作にも似た、メリハリのある挙動だった。

「あっ！」

シシノケの姿が、一瞬で変わっていた。寝袋サイズからずっと大きく、ずっと背が高くなったその姿には見覚えがある。閏間冴月（うるまさつき）の葬儀で出現した、牛鬼（うしおに）だ。船をひっくり返したみたいな胴体から、高々ともたげられた長い首。全体的なフォルムは首長竜……というか、ネッシーのイメージに近い。身体を覆っていた棘は、茶色いシュロの毛の繊維に変わっている。

あの葬儀の後、気になって調べた。この姿は、愛媛県の宇和島で行われる祭に出てくる牛鬼によく似ている。長い首の先についた頭は、牛とも鬼ともつかない、角の生えた恐ろしい形相だ。この頭を振り乱して魔を祓（はら）うというのが趣旨らしい。

鈴の音に続いて、笛の音も聞こえてきた。シシノケから姿の変わった牛鬼が、ぐるぐると首を振り回す。本来の祭りの出し物なら何人もの男衆が担いで動かすはずだけど、この牛鬼はひとりでに動き回っている。

「これ——冴月のときの」

鳥子の顔から血の気が引いているように見えるのは、発光スティックの光のせいだけじゃないだろう。私はとっさに鳥子に身を寄せて言った。

「大丈夫。冴月さんとは関係ない！」

なんの根拠もない断言だったけど、鳥子は私を見て、唇を引き結んで、頷いた。

そうだ。関係ないし、もしあったからといってなんだと言うんだ。いまさら過去の女のことなんか、みんなで葬り去った女のことなんか、考えなくていいんだ。

そんな場合じゃないのに、変な笑いが漏れた。鳥子との関係が前よりずっと強くなった今になって、私は冴月さんにちゃんと嫉妬している。以前の閏間冴月は、私にとってはまともに考える必要のない、ひとつの障害に過ぎなかった。葬儀を執り行って初めて、人の形をした障害でなく、ひとりの人間として認知できたのかもしれない。

姿を変えた牛鬼は、前進を止めていた。私たちから十メートルくらい離れた場所から近づこうとしない。水を蹴立てながらぐるぐる回る姿は、踊っているみたいだった。

右目の視界の中、牛鬼は銀色の燐光に包まれている。グリッチや異物に近い見え方だった。撃つべきだろうか？　このタイプの現象を撃って効果があるだろうか？

「空魚、あれ、何してるんだと思う？」

「なんだろ。こっちの反応を見てるのかも」

「襲ってくるかと思ったけど——さっき言ってたよね、コンタクトって」

私は頷く。裏世界の向こうにいる〈かれら〉は、これまで何度も私たちにアプローチしてきている。理屈の通じる相手なら結構な話だ。でも、残念ながらそうじゃない。

「鳥子、〈寺生まれのTさん〉の言葉、憶えてる？　〝コミュニケーションじゃないものはない〟って」

「ああ——」

鳥子の目が一瞬虚ろになったかと思うと、ぶるぶるっと頭を振って、正気に戻った。

「憶えてる」

「あれって一見、こちらにはコミュニケーションの意思がありますよって宣言みたいに思えるよね。私も最初はそう考えてた」

「違うの？」

「違うと思う。——この前一人でＤＳ研に行ったとき、辻って人に会ったんだけど。小桜さんの知り合いで、異物の保管庫の管理をしてる人。会ったことないよね？」

「私はない」

「その人言ってたんだよ。一口にコンタクトって言っても、いろんな種類があるって。会話とか、交易とか、戦争とか……。私たちと向こう側とだと、会話どころか、そもそも同じ土俵に立ってるかどうかすらわからないじゃない」

「うん」

「だから……」

何かに気付いたように、鳥子が目を見開いた。

「じゃあ、〈Tさん〉は、つまり、向こう側は――たとえば戦争をコミュニケーションの一環だと思ってる？」

「いや、逆にそれだとシンプルすぎるし、向こう側が私たちにとってのコミュニケーションとは何かということを理解しすぎてることになる。多分、もっとわかってないと思う」

「もっと……？」

「〝コミュニケーションじゃないものはない〟って言葉の意味は、要するに〝全部のチャンネルで行くぞ〟ってことなんじゃないかな。〈かれら〉からしてみれば、私たちはつつくと音の出るおもちゃみたいなもので……」

「だからその、音の出る方法全部試すぞってこと⁉」

「と、解釈できるなと思ったんだけど――」

鳥子が唖然とした顔で、舞い踊る牛鬼に目を戻す。

「……だとしたら、やっぱり宣戦布告みたいなものじゃない、それ」

「向こうにそういうつもりはなくても、こっちからはそう見えちゃうってことはあるかもね」

全部のチャンネル、つまり、人間が何らかの形で反応する感覚刺激を片っ端から試すというアプローチを指して「コミュニケーションじゃないものはない」と言っているとしたら、それは実質的に攻撃に等しい。その中には、恐怖や苦痛や心身の不具合を伴うものが山ほどあるだろう。しかもその「コミュニケーション」は、人間が想像できる範囲に留まるとは限らない。

「この考えが当たってるなら、向こう側からのコンタクトの試みに、人間にとって有害なものが多く含まれる可能性は高いと思う」

「――外館さんとハナも、そのコンタクトにやられちゃった？」

「かもね。私たちなら耐えられるコンタクトでも、他の人はダメかも」

客観的に見れば、今の状況だって相当に異常だ。普通の人間がこんなところに放り込まれたら、あっという間にパニックに陥るだろう。私たちが耐えられるのは、これまでの経験と、右目と左手という対抗手段があるからだ。

それともうひとつ、決定的な要因がある。私たちが二人でいることだ。私にとっては鳥子が、鳥子にとっては私が、正気を保つ支えになっている。現に、一人で裏世界に入った私は、むじなにやられて一瞬で錯乱した。裏世界で夜を越した経験も、第四種としての能力も、一人ではなんの助けにもならなかった。

私は牛鬼を見つめる。湖上で踊る怪物の、漆で光る木彫りの面が、私たちを睨めつけている。いいだろう。こちらの出方を窺っているなら、望み通り反応してやる。

「鳥子、いいよ」

私は言った。

撃っちゃって——と言いかけた、そのときだった。まるでこちらの攻撃の意思を感じ取ったかのように、牛鬼が反応した。

巨体がぐるりとその場で回転したかと思うと、牛鬼はまた別の獣の姿に変わった。白と金と赤と黒で彩られた、冠をいただいた鮮やかな四足獣——

獅子舞だ。

ラブホ女子会に飛び込んできた、バリ島の獅子舞。魔女ランダを打ち倒す舞踏芝居、バロン・ダンスに登場する、聖獣バロンだった。

虚を衝かれた私たちに向かって、バロンが水を蹴立てて近づいてくる。鈴と笛の音に、エキゾチックな打楽器と鐘の音が加わって、けたたましいほどに響き渡った。

バロンは剝き出しの大きな両目を私たちに向け、牙の突き出した口をガチガチと嚙み合わせる。全身を覆う白い毛を振り乱して踊り、地に伏せ、飛び跳ね、足を踏み鳴らして私たちを威嚇する。

シシノケから牛鬼、そしてバロン。私たちがかつて遭遇した異形の獣の姿をとって、こいつは何を意図しているのだろう？　恐怖を糸口に人間にアプローチするのが〈かれら〉のやり方だけど、怪談に基づいたシシノケはともかく、牛鬼やバロンは、直接的な恐怖の対象とは言えない。その根本がかつての超自然的なものへの崇拝や畏怖に求められるとしても、現代の人間が抱く恐怖の感覚からは外れている。

それとも、今度は物理的に襲いかかってくるつもりか？　だとしたら、やっぱりこちらの反応は変わらない。銃弾をぶち込むだけだ。

そう考えた私の目前で、バロンの姿がもう一度変化した。

私たちは思わず声を上げていた。

「外館さん!?」

「ハナ……!?」

そこにいるのは――獣だった。同時に、人でもあった。獣と人が混ざり合っていた。

裸の外館と、ハナが、一体化して絡み合う――キメラだった。

4

「イトッ……シャ……ノウ」

外館とハナ、二つの口から、人とも獣ともつかない言葉が吐き出される。

「イトッシャ……ノウ……」

哀れむような、慈しむような声。穏やかで、優しげで――

犬と人、二つの肉体が溶けて混ざっている。人の手が毛皮を掻き、撫で、さする。犬の鼻面が肌に触れ、擦りつけ、舌を出して舐める。ときおり見交わされる四つの目に浮かぶのは信頼と愛情と、安らかな歓び。

私も鳥子も、ぽかんと口を開けて見上げていた。

というより――見とれていたのだ。

きれいだった。

人の世界にはいられない形と在りようをした、美しい生きもの。

人と犬のふたりが、ひとつに融け合い、なのに混ざりきらずに、ふたりのままでいる。

お互いをお互いのままに受け容れて、自分の一部として、それと同時に相容れない他者として——愛している。

それがわかる。

私も——私たちも、それだったから。

四つの目が、ふと私たちに向けられる。

人の目が細められる。犬が舌を出す。敵意はない。歓迎。あるいは理解。私たちを認知している。かつてマヨイガを訪れたときよりもむしろ暖かい反応に思えた。あのときの外館とハナは、友好的ではあったものの、私たちに興味がなかった。あのふたりは、ふたりきりで閉じていた。

今のふたりは、満ち足りている。ふたりの世界が完全に充足してようやく、周囲の世界に目が開いたような。黒く輝く四つの瞳に見つめられて、いま私は、初めて外館とハナに見られていい、いい、いると感じた。

「鵺（ぬえ）……」

鳥子がその言葉を口に出した。私は頷く。

「そういうことだ、これ」

ここで何が起こっているのか、はっきり理解できた。

〈かれら〉は、鵼を模倣したのだ。

私たちが鵼になったのを知って、同じことをしてみせているのだ。

いろいろな形で人間を模倣してきたのと同じように――

いや、「同じように」ではなく、実際に同じなのだろう。

〈かれら〉が人間を理解していないとしたら、鵼を理解しているはずがない。ただ真似ているだけなのだ。私と鳥子が至った状態（ステータス）を。

嫌悪感を抱くべきだろう。本来ならそうだ。

私と鳥子が、お互いをぶつけ合って、狂いに狂って至ったそこを、外館とハナを取り込んで模倣されたのだから。当然、怒るべきだった。気持ち悪く思うべきだった。

でも、そうは思えなかった。あまりに美しかったから。ふたりが理解できてしまうから。

人と犬の混ざり合ったキメラを恐れ、嫌悪するのは、昼間の世界の、人間の論理だ。

鵼になった私たちは夜の生きもので、今いるここは夜の世界。

人間の論理が通じない領域に、私たちは踏み込んでいる。

ファーストコンタクトの最前線。それがここだ。

「鏡を置いたんだ」

「うん」

「私たちだ、これ」

「そうだね。私たちと同じ」

「どう反応するか見てる？」

「多分、そうじゃない？」

「どうする？」

私が訊くと、鳥子が左の手袋を咥えて脱いだ。

透き通った左手が露わになる。

鳥子が左手を差し伸べると、キメラが身体を近付けてきた。

犬の顔が左手の匂いを嗅ぎ、ぺろりと舐める。

私も鳥子と並んで、キメラを見上げた。人の顔が見下ろしてくる。穏やかな目。

チッ、チッと舌打ちのような音がキメラの喉のあたりから聞こえる。見つめ合ううちに、

なぜか、深くて暗い穴を覗き込んでいるような気がしてきた。

「イトッシャ、ノウ……イトッシャ……ノウ」

繰り返される言葉に、なぜか涙がこぼれた。意味がわからないそれは、確かに私たちに向けられた言葉だった。

頭のどこかで、まずいという感覚はあった。人と犬のキメラと、私たちを隔てるものが、どんどんあやふやになっていく。私たちと、それ以外のものの境目が薄くなって、私たちが溶け出していく——そんな漠然とした危機感が湧いて、それもまた曖昧になる……。

眠りに落ちる寸前のように凪いだ意識の中に、そのとき突然——犬の吠え声がした。まるで目の前で吠えられたみたいに鮮烈に聞こえたから、一瞬で目が覚めた。何事かと思う間もなく、今度はどこか遠くで、長く尾を引く銃声が聞こえた。

今のはハナ？

外館の銃？

でも、ふたりはそこにいるじゃないか。混ざり合って——。

私は顔を上げる。美しいキメラの姿が見えるものと思って。

そこにいるのは、もうキメラじゃなかった。黒い大きな獣——背後の暗闇と融け合った、見上げるほどに大きな獣だ。全体の形状は闇に飲まれてわからない。ただ私たちに向けられた頭部とおぼしい膨らみに、ぽっかりと穴が開いている。その周りに等間隔で配置された三つの光点が、幾何学的な軌跡を描きながらくるくると回転していた。

「イトッシャ……ノウ」

赤子のような声が、暗い穴の向こうから響いてくる。

——厭わしやのう。

——愛しやのう。

声は相反する二つの意味に聞こえた。

もう言葉を交わす必要もなかった。鳥子のＡＫが持ち上がって、銃弾を吐き出した。暗闇の中、マズルフラッシュが真っ白に弾ける。私の右目に捉えられた黒い獣の身体に、弾丸が突き刺さった。

獣は苦痛も示さず、ぐるぐると複雑な形で回転し始めたかと思うと、自分で自分を呑み込むみたいに、頭部に開いた穴に吸い込まれていった。獣の姿が完全に消滅するまで、ほんの数秒しかかからなかった。

完全な沈黙が落ちた。

「はっ……」

言葉にならない声が漏れた。足から力が抜けて、私たちはその場にへたり込んだ。

「ヤバかった……」

鳥子がＡＫに縋るようにして言った。

「……私たち、連れて行かれそうになってた」

呆然として、しばらく動けなかった。コンタクトの最中は感じなかった衝撃が遅れて来た。鳥子の言うとおりだ。もう少しで、私たちは完全に向こう側に連れ去られていた。

「あの、吠え声――」

「空魚も聞いた？」

「うん。銃声も」

「ハナと外館さんだよね、あれ」

私たちはようやく立ち上がって、ライトの光をあちこちに振り向けた。

「ハナ！」

「外館さん！　聞こえますか？」

返答はなかった。あれだけ続いていた笛や太鼓の音も途絶えて、聞こえるのは元の通りの、かすかな波音だけだ。

「助けて……くれたのかな」

私が言うと、鳥子は湖の方に目をやった。

「あの、混ざり合った姿――あれがハナと外館さんだと思ったんだけど」

「私もそう思った」

あのキメラは、裏世界が模倣したものではなく、間違いなく外館とハナだった。今まで遭遇した人間もどきは、必ずどこか違和感があった。いちばん流暢に会話できた閏間冴月も、生身の人間ではあり得ない質感を伴っていた。それに比べるとあのふたりは、本物だったと断言できる。姿かたちが違っただけだ。

「最初は私たちを連れて行こうとしたのに、やめた？」

「どうだろう……。多分だけど、別に連れて行きたくはなかったんじゃないかな。つまり、〈かれら〉は私たちを向こう側に引き込もうとしてたのかもしれないけど、外館さんとハナはそうじゃなくて……」

「単に私たちの注意を引くための鏡として使われたってこと？」

「ふたりは私たちに敵意はないけど、一緒に混ざりたいわけじゃなかったんだと思う。外館さんとハナはあくまでふたり、そこには他に誰もいらない」

「だから私たちが深入りしすぎないように警告してくれた……」

「もっとシンプルに〝それ以上近づくな〟って意味だったのかも」

「私たち、拒絶されたってこと？　フフッ」

鳥子が笑い声を漏らした。

私たちはしばらくそこで、暗い湖面を見つめていた。

「幸せそうだった」

ぽつりと鳥子が言った。

「私、おかしいのかな。普通に考えたら、あんな姿になってるのを見てショックを受けるところなのに――よかったな、って思っちゃったの」

「わかるよ。なんていうか、すごく満ち足りてたもん」

「私たちも、ああなるといいのかな」

「なりたいの？」

私が訊くと、鳥子は変な目で私を見た。

「な……なに？」

「エッチな話してるなって思って」

「イカれてるの？」

鳥子はフフンと笑って答えなかった。

もちろん、イカれてる。知ってる。

だって、私もそう思ってしまったから。

「……帰ろうか」

「うん」

私たちは振り返って、来た道を戻り始めた。発光スティックの輝きが、暗闇に道を示してくれている。

湖をあとにして、坂を登り、また日の当たる場所へ帰ってきた。

そこで私たちは、もう一度呆然と立ち尽くすことになる。

坂の上に建つマヨイガは、ついさっきまで廃墟だったのが夢のように、また元通りの姿に戻っていたのだ。

最初に見たときと同じ、手入れの行き届いた庭園とお屋敷。目を凝らせば窓越しに、屋内を行き来する外館の姿が見えそうだ。ハナの息づかいや、爪が床に当たる音も聞こえてくるかもしれない。それは湖で相まみえたふたりのキメラよりも、ずっと不気味で禍々（まがまが）しく感じられた。

私たちはここに、二度と足を踏み入れることはないだろう。

ファイル 28

カイダンクラフト

1

恋愛というのは本当につまらないと思う。

もともと私はいわゆる恋愛がよくわからなかったけれど、鳥子と特別な関係になった後でも、その感覚は基本的に変わらなかった。

変わったのは、鳥子との距離が近くなった……というか、鳥子がべたべた引っ付いてくるようになったことだ。

小桜屋敷のある石神井公園に向かう、西武池袋線の車中。土曜の昼下がり、たいして混雑しているわけでもないのに、鳥子は私にぴったりくっついて座っている。私の身長が足りていたら肩に頭を預けていたところだろう。

ところ構わず、こいつは……。

昼間だぞ。まだ。

夜ならいいってわけじゃないけど。

というか七月だぞ。わざわざひっつくような気温じゃないだろうが。

鳥子がこちらを見て微笑んだ。

「また難しい顔してる」

内緒話のように言うその声が甘くて、私は怯(ひる)んでしまう。

「やっぱり嫌……？　言いたくない？」

「いや……うーん」

「空魚(そらを)が嫌なら、無理にとは言わないけど」

「嫌っていうか、わざわざ人に言う意味あるのかなって」

私たちが「付き合い始めた」ことを、鳥子は小桜に話そうと言う。

そんな必要あるか？　というのが私の疑問。

あるし、言いたい、というのが鳥子の主張。

逆に、隠しておきたいのか？　というのが鳥子からの質問。

別にそういうわけではないが……というのが私の（歯切れの悪い）回答。

この話は何回もした。なのに同じ内容を繰り返してしまう。それも嫌だった。

鳥子と私がどうにかなったからって、それをなんでわざわざ人に言わなきゃならないんだ？

言われた方だって困るんじゃないのか。私だったら困る。それを聞かされてどうしろっていうんだ。人ってそんなに、他人同士の関係に興味あるの？

私はない。

……でも多分、鳥子の感覚の方がメジャーなんだろうな。

私と鳥子は、二人の関係を〈鵺〉と名付けた。右目と左手がもたらすこの世のものではない感覚の嵐の中心、青い深淵に到達して還ってきた高揚感の中で生まれたその呼び名は、決して誰のものにもならない私たちだけの関係を表す言葉として、これ以上ないほどぴったりに思えた。

でも、誰のものにもならないというのは、誰にも理解されないのと同じ。他人から見れば私たちのやっているのは「恋愛」であり、私たちは「恋人」でしかない。

他人なんてどうだっていい、という考え方はある。基本的に私はそういう考えをする人間だ。なのに、意図しない見方をされるのはそれはそれで嫌なのだった。

というか何をもって恋愛、何をもって恋人と言うのだろう。

これは私たち二人の間で定義される関係とはまた別の、他人に説明するときの話だ。

何がどういう状態なら、任意の二人もしくはそれ以上を「付き合っている」と言う？

恋愛関係というのは、肉体的接触の許可なのか？　結局そこ？

社会的な意味合いとしては、肉体的接触の許可がある関係の周知？

付け加えるなら、ここは一組のユニットなので邪魔するなという、排他の意思表示？

それだけなのか？

いや、わかるよ、それが重要なのは。「大事なことだよ」と紅森さんなら言うだろう。

でもなんか……。つまらなくない？

「それが嫌なの？　空魚は」

「嫌っていうか……うん……嫌かも」

私がそう認めると、鳥子は怒るでもなく笑った。

「だから〈恋人〉じゃダメだったんだよね」

「まあね」

「私は空魚に比べて、そういう言葉に抵抗ないからなあ」

「そうだよね……。無理して私に合わせてくれてたりしない？」

心配になって訊くと、鳥子はじっと私を見つめた。

「もしそうだったら、どうする？」

そう訊かれて私は考え込んでしまう。鳥子が本当はごく普通の「恋愛」がしたいのに、私がそうじゃないから、調子を合わせてくれていたとしたら？

「ごめん。どうにもできない。でも……」

「でも？」

私は鳥子に顔を寄せて、声を潜める。

「こっちの方が面白いと思わない？」

鳥子は私をまじまじ見つめて――ゆっくりと頷いた。私は安心して座り直す。

「ならよかった」

「……ずるい、空魚」

「へ？　何が？」

「知らない」

鳥子はぷいと顔を背けてしまった。

ちょっと考えて、私は思い当たる。そういえば私の低い声に弱いとか言ってたっけ。

ふーん。と私は鳥子の髪からのぞく耳たぶを見ながら思う。

これ使えるな。なんか困ったらやったろ。

「来たよー」

「お邪魔しまーす」

勝手知ったる石神井公園の小桜屋敷に、私たちは今日ものこのこやって来た。事前に連絡はしろというのと、入るとき呼び鈴は鳴らせという二つの条件つきで、小桜は私たちの訪問を受け容れてくれていた。

玄関から入ってすぐに、違和感に気がついた。昼間から廊下の照明が点いている。人一倍怖がりのくせに、明るいと落ち着かないとかで、小桜屋敷の中はいつも薄暗かった。一時期例外はあったけれど……。

「小桜、大丈夫かな」

鳥子が心配そうに言う。前にこうなったのは、裏世界で精神的にダメージを負った後だった。そのときは家中の明かりを点けっぱなしで、しばらく睡眠導入剤がないと眠れなかったはずだ。

「直近で何かあったっけ」

「うーん……心当たりないなあ。空魚、最近ここに来てた？」

「先週来たときは普通だったよ」

靴脱ぎ場でぼそぼそ話していると、廊下の奥、ダイニングキッチンに続く戸口からぬっと人の頭が出てきた。長い黒髪を床に着きそうなくらい垂らした、無表情な女の子の顔。

「あ、霞だ——こんにちはぁ」

鳥子の挨拶に、霞は無表情のまま、

「ハロー」

と気さくに返して、ぺたぺたと廊下を近づいてきた。冷凍庫から出してきたばかりとおぼしい、白く霜の付いたアイスキャンデーを一本持っている。

玄関までやって来た霞は、鳥子から私に目を移して言った。

「挨拶!」

「え?」

「挨拶するんだよ、ちゃんと」

「そ、空魚……、挨拶しないから怒られてるんだよ」

鳥子がブッと噴き出した。

「……あ、私が!?」

「そうでしょ、これ……」

ムッとしながらも、私は言った。

「はいはい、こんにちは」

「ハイは一回」

と言いながら、霞はくるりと振り返って、ぱたぱた小走りに戻っていった。

「なんなんあれ」

やっぱり子供は嫌いだ。靴箱に寄りかかってヒーヒー笑っている鳥子にもムカつきながら、私は靴を脱いで上がり込んだ。まってまって、と言いながら鳥子も後に付いてくる。

照明に照らされた廊下の壁は、真新しい壁画で彩られていた。白い壁紙の上に何色ものクレヨンで、草原を行く線路と電車の絵が描かれている。霞の仕業であることは一目瞭然だった。

霞は左側の扉を開けて中に入っていった。小桜の部屋だ。私たちも続く。

「小桜さん、どうも」

「来たよー」

「ん？　ああ――」

いつものようにマルチディスプレイに向かって脇目も振らずにキーを叩いていた小桜が、今気付いたみたいにこっちを振り返った。

そして言った。

「こら！　歩きながらアイス食べない！　ちゃんと座って食べな」

「んー」

「コケたらアイスの棒喉に刺さって死ぬからな。次そうやって食べたらもうアイス買わないよ」

「うーん」

「返事は」

「ぅあーい」

子供特有のムカつく返事をして、霞はソファにどかっと腰を下ろした。アイスを舐めながら、ソファに転がっていたタブレットをいじり始めて、こちらへの関心は失ったようだ。

「なんか、だいぶ喋るようになりました？」

「だろ。ちょっとずつだけどな」

以前に比べると、借り物の言葉に混じって、自然な受け答えが増えてきた気がする。それも元は小桜の言葉からの借り物なのかもしれないけど、「会話」らしさが感じられた。

「廊下の明かり点いてたけど、何かあった？」

鳥子が気遣うように訊くと、小桜は事もなげに答えた。

「暗いと危ないからな、霞が」

へえ……と、思わず小桜の顔を凝視してしまった。

「何だ？」

「いや、なんていうか……小桜さん、変わったなって」

「変わりもすんだろ。子供預かってんだから」

「まあ、そうかもしれませんけど」

「なんか、母親が板に付いてるよね」

鳥子の（あまりデリカシーのない）コメントに、小桜は鼻で笑って答える。

「ここんとこガキ二人のお守りを強いられてたからかもな。自分でもびっくりするほど自然にやれてるわ」

出たり消えたりする子供の世話をして、きっと疲れているだろうと思っていたのに、小桜は予想よりも元気そうだ。今までの投げやりな態度が影を潜めて、むしろ活力に溢れていると言ってもいいくらいだった。

「四人いるとあちいな」

小桜がリモコンを取って、冷房の温度を下げた。

「おまえらもアイス食うか？」

「食べる！」

「あ、じゃあいただきます」

「そしたらあたしの分も取ってきて」

うまく使われてしまった。

冷房の効いた部屋を出て、ダイニングキッチンへ。水切り籠に二人分の食器が並び、テーブルの上には書類が出しっぱなしになっていた。ちらっと見た感じ、子育て支援とか、扶養（ふよう）手続きとか……役所関係のものばかりだ。冷蔵庫の扉には、磁石でメモが貼られている。買い物の覚え書き、予防接種の日付、霞が描いたのだろう、人の顔の落書き。

冷凍庫を開けると、箱に入ったアイスキャンデーの他に、冷凍食材の袋が詰め込まれていた。ブロッコリーやホウレンソウ、白身魚、餃子、スライスされた食パン。

私は少しの間、そこでぼんやり立っていた。

「……家だ」

ぽろっと言葉がこぼれた。

そこにあるのは「家」だった。かつての殺風景な小桜屋敷とは違う、生活感に溢れた「人の家」。私と鳥子が出入りするようになって少しだけ緩和されてはいたけど、そんな小さな変化とは比べものにならないほど、小桜の家は様変わりしていた。

どうしてだろう——胸が苦しい。

なんだか、とても寂しくて、心細かった。

自分が置いて行かれてしまうような気がする。そんなことはないのに。

そんなことは、ないはずなのに。

足を撫でる冷気に、はっと気付く。冷凍庫が開けっぱなしだ。食材が溶ける前に閉めなきゃ。

私はアイスを三本取って冷凍庫を閉めると、小桜の部屋に戻った。

「遅かったな。どっか寄ってきたのか？」

「すみません」

「ん？　いいけど、大丈夫か」

「なんでもないです。アイスどうぞ」

「ブドウにしよ」

「鳥子は？」

「これ何？　ミカンとリンゴ？」

「たぶん。適当に取ってきたからわかんない」

「んー、じゃあこっち」

「おまえらもちゃんと座って食えよ」

「子供じゃないんですから……」

「霞の教育に悪いんだよ」

そう言われてしまってはしょうがない。私と鳥子もソファに並んで、お行儀よくアイスをいただいた。一方の霞はとっくに食べきって、今はアイスの棒をがじがじ囓(かじ)って歯形を付けながら、一心不乱にタブレットを見ていた。

「何見てるの？」

私が訊いてみると、霞はタブレットから目を離さないまま、何かを読み上げるように言った。

「イギリスの正式名称は、グレートフリテンおよび北サンマランド連合王国って言うの。もともとケルト系の先住民フリテン人ってのがいて、いつも麻雀をやってたんだけど、メンツが一人抜けてできなくなった。それで生まれたのが三人麻雀(サンマ)ってワケ」

何を言ってるんだかさっぱりわからない……。

「そこに書いてあるの、それ？」

鳥子が覗き込もうとすると、霞はさっとタブレットを抱きかかえた。

「大丈夫、取らないから……」

鳥子が宥(なだ)めようとしても、霞は警戒を緩めなかった。

「だめ。コンクリートから人が出てくるの！」

「え？」

「道路の整備や、ダム、橋や空港などの大型建築物に膨大な人柱が投入されていたのが明るみに出て、二〇〇九年に〈コンクリートから人が〉というスローガンが掲げられたの。人柱を抜かれたトンネルや陸橋が崩れる事故も起きてるの、知ってるでしょ！」

べらべらっと一気に喋って、さっと立ち上がると、霞は部屋から駆けだしていった。

「怒らせちゃったかな」

「気にしなくていいよ。実際ネット見すぎだと思う、あいつ」

物思わしげに小桜が言った。

「少し控えろって言ってんだけどな、あたしが過集中で仕事しちゃうせいもあって、なかなかコントロールできない。チャイルドロックは掛けてるし、アクセスログもチェックしてるから一応の監督はできてると思うが」

「小桜さんなら、その気になればネット遮断もできるんじゃないですか？」

「空魚ちゃん、自分が霞の立場でネット遮断されたらどうする？」

「あらゆる手段で抜け道探しますね」

「だろ」

「ネットしか見ないの？　本とかマンガとかは？」

鳥子が口を挟んだ。

「なんでも読むよあいつ。気がつくとあたしの本棚から抜いた学術書とか勝手に見てる」

「え、すごくない？　天才じゃん」

「いや、実際は読めるわけないんだ。当然漢字ばっかりだし、前提知識がないし、洋書まであるし。最初はあたしも天才なのかと思ったが、見てると適当にペラペラめくって、飽きて放り出してるだけだった。ただ、無駄だとも言い切れないんだよな。あいつの言語学習の方法は定型の発達様式と違うのかもしれないし」

「へー。そのうちほんとに学者みたいになるんじゃない？」

鳥子の言葉に、小桜は首を傾（かし）げる。

「どうかなあ。言語の習得が進むにつれて、どんどん平凡になっていくと思うよ」

「そうなの？」

「あいつの中には相互に脈絡のない言葉の離れ小島がいくつもあって、今はそこから状況に合いそうなものを取り出してきてるだけだ。人の言葉を真似て意思を伝えるオウムとかと同じだな。海に散らばった島を繋いでいくためには、どうしても基礎的な部分の学習が不可欠だし、そこが補完されると年相応になっていくはずだ」

「その基礎的な部分ってどうやって学習させるんですか？」

「教えてるよ、あたしが」

「小桜さんが？」

「幼児向けの学習本とか、絵本とか買って、地道にやってるよ。学校に行かせるにしたって、ある程度喋れるようになってからじゃないとな」

「へえー……」

「なんだよ」

「いえ」

なんだかまた、変に心細くなってしまった。小桜の不審げな視線を感じながら、私はぼそぼそとアイスを囓る。冷たいリンゴ味が歯に沁みた。

「結局、霞ってどういう形で引き取ることになったの？」

「特別養子縁組になった」

「やっぱりそうなるんだ」

鳥子が納得したように頷く。

「やっぱり？」

「うん……気になって調べたんだけど、親が不明で戸籍もないわけでしょ。どうするのかなって思ってたの」

「最初は汀(みぎわ)に手を回してもらって戸籍を用意するかって話もしてたんだが、相談した結果、霞の今後の人生も考えて、正攻法でいくことにした。〈Tさん〉の件が片付いた後かな、棄児(きじ)を発見したと言って警察と児童相談所と福祉事務所に届けて――」

「え！　そんなことしてたんですか」

「してたんだよ。でも、その後がメチャクチャでさ。制度的には霞は施設で保護下に置かれるわけ。でも戻ってきちゃうんだよ、勝手に。向こうの担当者が相当困惑してて気の毒だったよ。物理的に不可能な状況でいなくなるんだもん」

「どうしたんですか、それ」

「どうしようもなかったから、こっちに来たとき連絡入れるようにしたよ。向こうとこっち、現場で示し合わせて、異常なことは起こっていないフリをしながら粛々と手続きを進めて……実の親がどうも見つからなさそうだということになったから、なんとか自治体に戸籍を作ってもらって、養子縁組制度のコースに乗った」

「えぇー、すごい！」

「すごいだろ。いろいろ汀のツテも使ったから若干チートしてるが、それでもクソ大変だったぞ。ちゃんと委託前研修受けたし、家庭訪問も受けたからな」

「じゃあ、霞って、本当に小桜さんの家の子になったってことですか？」

「そ」

「はあー……」

さすがに感嘆するしかなかった。私と鳥子に揃って見つめられて居心地が悪くなったのか、小桜は話題を変えるように手を振った。

「んで？　今日はなんか用があって来たの？」

「あ、用っていうか、その――」

私は鳥子の方に目を向けた。鳥子が座り直して、咳払いする。

「報告が一つあるんだけど」

「はあ」

「私たち、付き合うことになったの」

「おめでとう」

ぱち、ぱち、と小桜が気のない拍手をした。

「それで？」

「それだけだけど。一応言っておこうかなって」

「お幸せに」

「ありがとう」

「…………」

「…………」

変な沈黙が落ちた。

「……え？　あの、小桜さん、それだけですか？」

「何が？」

「いや、その……」

「もっとはしゃげばよかったか？　言わせてもらうと、もっと早くまとまってくれてもよかったんじゃないのか。さんざん人をイライラさせて……」

「あの、付き合うっていうか、厳密には違うんですけど」

「は？」

小桜が眉間に皺を寄せて鳥子に目を向けた。

「こんなこと言ってるが？」

「まあ、議論はあるんだけど、おおむね合意したから大丈夫」

「鳥子おまえ何言ってるんだ？　ほんとに付き合ってる？」

「付き合ってる付き合ってる」

「空魚ちゃんは？　ほんとに合意取れてる？」

「私たちの間で取れてはいます」

他人への説明方針を巡って議論はあるけども。

私たちを交互に見て、小桜がうさんくさげに言った。

「なんなんだ。はっきりしねえ奴ら……」

小桜のぼやきが思いのほか的を射ていて、私は思わず笑いそうになった。

はっきりしない奴ら。私たちが定義した関係、〈鵺〉を表す言葉として、これ以上的確なものがあるだろうか。

「なにニヤニヤしてんの」

「なんでもないです」

笑いそうになった、ではなく笑ってしまっていたみたいだ。ニヤけた口元を元に戻そうとする私を小桜は胡乱(うろん)な目で見ていたけど、気を取り直すかのように言った。

「まあいいや。正直、人の色恋沙汰に関わってる暇がないんだ」

「ですよね。霞の世話で手一杯でしょうし」

「それだけじゃなくてな、いろいろやりたいことが増えてきてさ」

小桜はデスクの方に目を戻した。正面の画面に開かれたウインドウに書かれているのは、何かのプログラムのコードだろうか。私たちが入って来たときに、一心不乱に打ち込んでいたものだ。

「ちょうどいいから聞いてくか？　おまえらのやってることとも関係するし」

「私たちのやってること……ってなんですか？」

そう訊ねると、小桜は心なしか得意そうな顔になった。

「言うまでもないだろ——裏世界の探索だよ」

2

「ちょっとこれ見てみ」

小桜に手招きされて、私と鳥子は席を立って近寄った。

プログラミング中の画面の隣のディスプレイに、Ｅｘｃｅｌのスプレッドシートが表示されていた。セルには無数の単語や文章の断片がずらっと並んでいる。

「なんだと思う？」

「友達の話、肝試し、霊感、不審火、落ち武者、ペットショップ、公園のトイレ、知らない女、仏壇、行方不明……なんですかこれ？　ぱっと見、怪談にありがちな単語のリストみたいに見えますけど」

「そうそう、その通り」

事もなげに小桜が言うので、鳥子と顔を見合わせてしまった。

「小桜、平気なの？　前は怪談なんか死んでも読まないってくらい怖がってたのに」

「まあな。ただこうやって単語レベルまで分割してしまえばたいしたことなかった。怪談の怖さって文脈なんだな、やっぱり」

「それはそうだと思いますけど」

「にしても、今までこんなことしてなかったじゃない。なんで急に？」

鳥子も私同様、戸惑っているようだった。それはそうだ。あんなに怖がりだった小桜が急にこんなことを始めたら、心配の方が先に立つ。

小桜はフッと笑って言った。

「なんでも何も、もともとあたしはこういう研究をしたかったんだよ」

「こういう研究……」

そういえば、この人は認知科学者だった。

「心境の変化というか……なんか吹っ切れたんだよな。冴月（さつき）の葬儀がきっかけだったのかもしれないし、霞を引き取って腹が据わったのかもしれない。自分でもわからんが、気がついたら自然に、研究対象として裏世界に向き合えるようになってた」

「それって、その、ポジティブに受け止めて大丈夫ですか？」

「何を心配してるんだよ。頭がおかしくなったとでも思ったか？」

「まあ正直ちょっと……」

「バカ。あたしは大丈夫だよ。むしろ過去一で頭がスッキリしてるかもしれん。なんだろうな、霞の世話で現実的にクソ忙しくなったのが、あたしの場合よかったのかな。まだ起こってないことで無駄に怖がる暇なんかないし、今まで抱えてた漠然とした恐怖がそれで引っ込んだのかも。わからんけどな」

そう言う小桜にはおかしな様子はない。目つきも怪しくないし、言葉もしっかりしているように思える。

「わかりました……。じゃあ、このリストを使って何を研究してるんですか？」

「まだぜんぜん途中なんだが。裏世界がこっちの世界とのインターフェイスとして怪談を利用しているという前提が真であるとするならだ。そのインターフェイスのマッピングができるかもしれないと思ったんだ」

「マッピング？　地図なら、もう作ってるけど」

裏世界の地形やランドマークを記した地図は作っているし、探索を続けて既知の範囲が広がったら、その都度手を加えている。ついこの前も、マヨイガ前の坂道を下ったところで発見した湖を描き足したばかりだ。

「物理的な地図のことを言ってるんじゃない。概念上のマッピングだ」

「概念上――」

意味を測りかねている私たちに、小桜が説明する。

「裏世界のことはわからないが、怪談は人間のものだ。人間の言葉で語られ、人間の概念で作られる言語空間だ。それを裏世界が利用しているとしたら、そこで使用される語彙や概念は、怪談で語られるものに限定される。その範囲において、我々は裏世界の干渉を認識できる」

「はい」

「だとしたら、この言語空間の範囲は、これまで人間が語ってきた過去の怪談を分析することで特定できるはずだと思わないか？」

私はしばらく考えてから言った。

「そうかもしれません。分析というのは、具体的にどうするんですか？」

「あたしは怠惰でなおかつ怖がりだから、可能な限り元の怪談に触れない形で楽な方法をとった。簡単な自然言語処理のプログラムを用意して、ネットにある怪談をスクレイピングしてきて手当たり次第にぶち込んでいく。するとこうやって単語やフレーズ単位に切り刻まれた怪談の要素が抽出できる。そこから表記の揺れや重複をある程度ならすと、怪談を構成する基本的な語彙の集積が作れる」

「怪談の構成要素……このスプレッドシートにあるのがそれ？」

鳥子の質問に、小桜が頷く。

「そう。ここまでが第一段階で、まあ簡単なんだが、ここから少し面倒になる。いま抽出した怪談のマテリアルは、そのままだと本当に生の素材でしかない。これが怪談になるために、構造を用意する。怪談の構造って何だかわかる？　空魚ちゃん」

「え、何ですかね……構造ってつまり、怪談のストーリーってことですか？」

「そうそう。例えばどんなのがあるか言ってみてくれる？」

「えーと……」

「簡単なやつでいい」

「あ、はい。えーと……」

「なるべく怖くないやつな」

注文のうるさい小桜にペースを乱されながらも、私は考える。

「そうですね、たとえば、夜中に寝てたら金縛りになって、目を開けたら胸の上に知らない老婆が座ってたとか……」

「よくあるやつな」

ほっとしたように小桜が言う。定番も定番、誰でも聞いたことがあるような、今や陳腐すぎてひとつも怖くない話だ。

「そんなこともすっかり忘れたころ、初めて訪れる田舎の親戚の家に行ったら、仏間に掛かっている遺影の中に見覚えのある顔が一つ混ざってて、それがあの金縛りのときの老婆だったとか……」

「ん？　続いてるのか？」

「驚いて、この遺影は誰のものかって訊いたら、親戚一同誰も知らないし、それどころかそんな写真がそこに掛かっていることすら気付いてなかったとか……」

私が話を進めるごとに、小桜の顔が曇っていく。

「それで、遺影を壁から下ろして裏返したら、遺影の額の中に紙を切って作った粗末な人形が入ってて、そこに書かれた名前が――」

「もういい、もういい！　ありがとう！」

小桜が大きな声で遮った。

「いや……喋らせるとつるつる出てくるな、ビビるわ」

「小桜さんが言えって言ったんじゃないですか」

「それはそうなんだが。ともかく、今の話の骨格を抜き出してみよう。話を簡単にするために最初の部分だけに絞ると、日常的な行動Aの最中に、異常事態Bがあり、その原因として異常事態Cが観察された、と言える」

「Aが〈就寝中〉、Bが〈金縛り〉、Cが〈知らない老婆〉ですね」

「そう。このA→B→Cがこの怪談の構造だ。こういうストーリーの骨格を、さっきと同じように元の怪談から抽出していく。こうすることで、今度は怪談の構造のテンプレートが集積できる。ちなみに、いま空魚ちゃんが話した怪談って、明確な元の話があるのか？」

訊かれて私は考え込んでしまう。

「どうでしょう……正直わかんないです。私、怪談読み過ぎて、もう元があったかどうか曖昧なんですよね。多分、過去に読んだ話のツギハギなんですよ。有名な話とか、特に印象深かったやつは憶えてるんですけど」

「なるほどな。ぶっちゃけて言うと、いま空魚ちゃんがやったことをプログラムでやろうとしてると思ってくれていい」

「過去の話から抽出した怪談のマテリアルをツギハギして、一つのストーリーにするってことですか？」

「そういうこと」

「一回バラバラにした怪談を使って、もう一回別の怪談を作るってことだよね。どういう意味があるの？　聞いてる限り、二度手間っていうか……」

「そうですよね。怪談としてのクオリティも落ちるでしょうし」

「一つ一つのクオリティは問題にならない。このプログラムの肝は、怪談を自動生成し続けることにある」

「し続ける……？」

小桜は頷いて続けた。

「そう。怪談のマテリアルと構造をランダムに引いてきて、延々回し続けるんだ。誰も読まなくていい、というか読まれることを前提としていない怪談を自動生成する。出力データの容量にだけ気を付けておいて、二十四時間三百六十五日ずっと稼働させておく」

意図がわからず、私は困惑する。

「ランダム生成だと、ほとんどはゴミみたいな怪談になると思いますけど、それでいいんですか」

「いい。怪談を作ることが目的じゃないから。ここからが大事なんだ」

小桜は目を輝かせて続けた。

「最初に言ったことに戻ろう。まず、怪談という形式で創出される言語空間がある。この概念的な領域を、人間の創造速度を超えて拡張するのがこのプログラムの狙いだ」

「拡張……？」

「怪談は、未知の認知領域を言語によって形容する試みとも言える。まだ人間の言葉が辿り着いていない言語空間を、怪談によってマッピングしていく。今まで存在しなかった怪談が生まれるごとに、未知の領域が、人間の言葉で形容可能になる」

「ああ……そういうことか、ちょっとわかってきました」

どこまで続くか知れない闇の中に、明かりに照らされたほんのわずかな領域がある。明かりの外は、すべて暗闇。そこに何があるかはまったくわからない。人間はその明かりの範囲だけを「現実」として認識している。

小桜の怪談自動生成プログラムが、その照らされた領域を広げようとする試みだとしたら納得はできる。

「面白い試みだとは思います。ただ、参照されるのは過去の怪談だけですよね。でも実際には、新しい怪談が次々に生まれています。自動生成される怪談は、出来の悪い再生産にしかならないような気がします」

「新しい怪談というのは、何をもって新しいと言う？」

「そうですね……それまで語られなかった物事を扱っている場合。同じく、語られたことのない展開をする場合。それからいわゆる不条理怪談、ストーリーが破綻しているというか、前後の脈絡のない怪談というのもあります。こういうのは自動生成できないんじゃないでしょうか」

「そうでもない。まず、それまで語られたことのない物事は、過去の怪談から蒐集した語彙以外のところから取ってきた辞書を使うことで導入可能だ。たとえば、そうだな……ぱっと目に付いたところで、アイスの棒とか出てくる怪談なんかないだろ？」

「あります」

「あるんだ……。じゃあまあなんでもいいよ、適当な名詞のリストを持ってくれれば、かつて使われてないやつがいくつか入ってるだろ」

「展開の新しさに関してはどうします？」

「怪談の展開って、異常な事象が起きて、それを受けてまた異常な事象が起きて、それをさらに受けて……と、既存のストーリーに後から追加されていくことが多いと思うんだが、どう？　さっき空魚ちゃんが挙げてくれた例でも、金縛り中に老婆を見るというド定番の話を出発点にして、どんどん後から追加していくことで〝新しい展開〟を作り出してるように感じた。つまり、過去に語られた話でも、その後の展開やディテールの掘り下げで、新奇性を付与できる」

「確かに……それは言えるかもしれません」

定番の話だと思っていたら意外なことが起きたり、思いもよらないディテールが語られることで怖くなる……という怪談は、実際多い。妖怪絡みの話なんかがいい例で、たとえば私が遭遇した〈むじな〉関連の話もそうだ。夜道でのっぺらぼうに遭ったなんて言われても、それだけならなんにも怖くないだろう。江戸時代かよ、小泉八雲まんまじゃねーか、で終わってしまう。でも、「その顔にはびっしり毛穴があって……」という証言がひとつ加わることで、一気に印象が変わる。それはもう、「のっぺらぼうに遭った」という言葉で表現できる牧歌的な話から離れて、めちゃくちゃ気持ち悪い何かに遭遇したという新しい体験談になっている。

「不条理な怪談はどうなの？」

考え込む私の代わりに鳥子が訊いた。

「それも対応可能だと思う。理由は二つある。まず一つ目は、前後の脈絡のない不条理な展開は、そもそもランダム生成の得意分野だということ。むしろこのプログラムを動かしたら、その生成物のほとんどは話として成り立っていない不条理な展開になるんじゃないか。たとえば就寝中に金縛りになるところまでは同じでも、目を開けて見たものが老婆じゃなくてアイスの棒だった――とかなら、もう不条理怪談と言っていいだろ」

「そうかもしれませんね。ちなみにそのパターン、アイスの棒じゃなくてヤカンだったって話はあります」

「夢なんじゃないのか、それは」

「二つ目の理由はなんですか？」

「不条理怪談というのが成り立つとしたら、前提としてストーリーに脈絡のある、言うなれば合理的怪談というものが成立することになるよな」

「合理的な怪談って……矛盾してない？　怪談って不合理なものなんじゃないの？」

鳥子の疑問に今度は私が答える。

「や、そうでもないんだよね……先祖の祟りとか、生き霊の呪いとか、お話的に納得のいくような落とし所に怪異の原因を持ってくる怪談はすごく多いから。そういう意味で合理的な怪談って表現は的外れとは言えないかも」

「あたしは知らんけど、逆にそういう話の方が多いんじゃないか？　わざわざ不条理怪談ってカテゴリがあるってことは」

「実際そうだと思います」

「だろ。てことはだ、怪談の個々の要素ではなく展開に不条理さを求めるとしたら、ストーリーの連続性をなくせばいい。すごく単純に言えば、既存のテンプレートをシャッフルして、あえて不連続なストーリーにすることで、不条理性を確保できるはずだ」

私は不承不承言った。

「……理屈は通ってるように聞こえます。でも……」

「念のため言っとくと、今のは自動生成怪談に新奇性を求めるならどうするかという空魚ちゃんの問いに答えたまでで、その生成された怪談に価値があるとは思ってない。空魚ちゃんが——というか、人間が求めるような怪談を作りたいわけじゃないんだ。クオリティは最初から度外視。自動生成はあくまで、言語表象としての怪談空間をマッピングして拡張するための手段だ」

「そのマッピングができるとどうなるの？」

「裏世界を形成する怪談のパターンや文脈、関連性を学習することで、裏世界の言語モデルが作れる」

「言語モデル……ってなんですか？」

「狭い意味では、ある言語の確率分布を表すプログラム。もう少し具体的に言うなら、特定の言語の文法や語彙を学習して、会話を予測するプログラム。予測できるというのは要するに、人間が話しかけたときに適切な返答ができるってこと」

「つまり、人間と会話できるプログラム？」

「その通り。ニュースとかで見たことないか、大規模言語モデルがどうこうって」

確かにある。とはいえ私の知識は、ＡＩ関係の記事でチラ見した程度だ。

それでも、このプログラムの目的が私にもだんだん理解できてきた。

「もしかして、小桜さん……裏世界と会話できるプログラムを作ろうとしてます？」

小桜は頷いた。

「最終的な目標は、そうとも言えるな」

一瞬の沈黙の後、鳥子が言った。

「――冴月の遺したノートを読もうとしてる？」

張り詰めた鳥子の声に、小桜は首を振って答えた。

「いや……。そういうことじゃない。あのノートの書き文字や、裏世界で人間が吐く異言は、この言語モデルが扱う言語とは根本的に違うものだと思ってる」

「確かに、読むだけで害が及んだりしますから普通の言語とは違うのかもしれませんけど……何がどう違うんでしょう？」

「カテゴリエラーとでも言うかな。あたしの考えだと、あれはそもそも言語じゃないと思う。だから、人間の言葉に翻訳できないし、単純なモデル化もおそらく不可能だ」

「言語じゃないとしたらなんなんです？」

「ただの模様、あるいは無意味な音の連なり。ほら、外国語のモノマネってあるだろ。知らない言葉を形だけ真似たら、語調や発音なんかの特徴がそれっぽいだけの、意味のない文章が出力される。あれと同じだ」

まだ不安そうな鳥子に、小桜は苦笑を向けた。

「心配すんな。あのノートには頼まれても手を付けないから」

「……わかった」

「待てよ、そういやあのノートどうなったんだ？　なくなったんだっけ？」

「まだありますよ。葬儀から持って帰ってきたので」

そう答えると、今度は小桜の表情が曇った。

「嘘だろ。今どこにあるんだ」

「冴月さんの葬儀から持ち帰ったので、DS研の辻さんが管理してるはずですけど」

「辻かぁ……まあいい、脱線した。話を戻すと、あたしが作ろうとしてる言語モデルは、確かに裏世界とのコミュニケーションツールに発展させられるかもしれない。っても、現時点ではあくまで構想でしかないけどな。いきなりそんな高度な機能が実装できるわけじゃない。まず言語モデルの構築から始めて、次に目指すのはシミュレーターとしての利用かな。モデルが正しければ、裏世界で起こり得ることを予測できるかも」

「そんなうまくいきます？」

　小桜はニヤッと笑った。

「わからん。なにしろまだ作り始めたばかりだ。天気予報くらいできたら御の字かな」

　はー、と鳥子が感心したようなため息をついた。

「なんか、小桜の研究者らしいとこ初めて見たかも」

「舐めんなよおまえ」

「いや……実際、心境の変化にしても、ずいぶん吹っ切れましたね。今までずっと、裏世界のことなんか考えないようにしてるのかと」

「まあな」

「霞を引き取った影響ってそんなに大きかった？」

「そうなんだろうな。このアイデアも、霞がきっかけで思いついたところがある。あの子のワードサラダと同じことをやれば、裏世界を構成する怪談の言語モデルが作れるんじゃないかってな」

「自動生成だとデタラメな結果にしかならないかもしれませんよ」

「それを含めて検証できるだろ。言ってみればこれは裏世界の基礎研究だ」

小桜は椅子に寄りかかって続けた。

「考えてみたら、データを集めてモデルを作る、このレベルの研究さえやろうと思えなかったんだよな。裏世界の存在を知る前は、あたしもやる気があったのに」

「やる気があったころは何やってたんですか？」

「ふふ」

小桜は照れたように笑った。

「あのな、もともとはUFOに興味があった」

「えっ？」

「小桜が、UFO？」

そういえば最初に会ったとき、空飛ぶ円盤がどうこういう話をしてたっけ。

「つっても別に、宇宙人が地球に密かに来てて、とかいう話を信じてたわけじゃないぞ。なぜか人間は昔から空を飛ぶ何か変なものを見てしまう、そこにはどういう理由があるのか——というテーマに興味を持ってたんだ」

「認知科学的に、ですか」

「そう、認知科学的にな」

「あ、もしかして――」

鳥子が何か言いかけて、急に口をつぐんだ。

「もしかして、何だ？」

「あ、その……もしかして、小桜が大学とかに勤めてないのって、ＵＦＯ研究してたから学会を追われたとか、そういう過去があるのかなって……」

鳥子が言いにくそうに説明すると、小桜は噴き出した。

「違うよバカ。まあ実際、イメージは悪いかもな。そもそも在野の認知科学者ってだけで相当怪しいのに、ＵＦＯ研究を掲げててまともな人間ほとんどいないもん」

「いいんですか、そんなこと言って」

「いやー、残念ながらそうなんだよ。恐ろしいことに、最初のうちは冷静で客観的だったのに後年おかしくなる人間もいる。あたしだって人のこと言えないかもしれん」

「まあ、少なくとも今のところは大丈夫だと思いますし……」

「空魚ちゃんに正気を保証してもらえるなら安心だな」

「今のは皮肉ですよね、それくらい私にもわかりますよ」

憤慨する私が面白かったのか、小桜はケラケラ笑う。笑い事じゃないだろ。

「……そうだ、ＵＦＯで思い出したんですけど。小桜さんに聞きたいことがあったんです」

「おう、何？」

「私たち、第四種接触者じゃないですか」

「お？　おう」

「この第一種から第四種までの分類って、確か元はＵＦＯ研究の用語ですよね。その先ってあるんですか？」

「第五種以降ってこと？」

「はい」

小桜は記憶を辿るように上を向いた。

「第五種接近遭遇が、人類と宇宙人の直接対話。第六種が、接近遭遇で死傷者が発生することで、第七種が、人類と宇宙人の子供が生まれること」

「……こ、子供？」

「第八種が宇宙人による侵略で、第九種になると、人類と宇宙人の公的な交流……だいたいそんな感じだったな」

「へえー……それは、なんていうか」

「なんか、単純なんだね」

私が言わなかったことを、鳥子があっさり口にした。小桜は頷く。

「この辺はもう、いろんな奴が好き勝手なことを言ってるから参考にならない。宇宙人が人類の遺伝子をいじって進化させようとするのを第五種だか第六種だかって言ってるのを見たこともある気がするな」

「対話とか死傷者とかはまだわかるんですけど、その次が人類と宇宙人の子供って言われると、ちょっと変な感じがしますね」

「必ずしも数字の順番に起こるってわけじゃないのかな？」

「あ、なるほど。そういう接近遭遇の種類もあるよって話ならわかるけど」

「いや、どうかな。やっぱり数字が増えるほど〝高度な〟接触という前提あっての尺度だと思う。だから、その重み付けの仕方が妥当かどうかは検証されるべきだし、批判の対象になるべきだ」

真面目な顔でそう言ってから、小桜は急に投げやりな口調で続けた。

「でもな〜〜。そういうことちゃんとやってるＵＦＯ研究者ってマジで少ないんだよな〜〜！」

「そ、そうなんですか？」

「そうなんだよ〜。ＵＦＯの話してる奴みんな足元弱くてさ〜。自分のＵＦＯ観に自分の文化的背景とかがどれだけ強く反映されてるか全然自覚してねーの。キリスト教の影響モロわかりなUFO話とかされても、こっちは白けるだけなんだよな。つまんねーんだよ本当」

「はあ……」

よくわからないながらも、不満がいろいろあることは伝わった。

「既存の尺度が参考にならないというのはわかりました。でも、小桜さんが裏世界との接触の深さを分類した第一種から第四種というのは、その尺度が元になってるんですよね？」

「それは間違いない」

「じゃあ、小桜さんなら裏世界との第五種接近遭遇をどう定義します？」

「そうだな……」

小桜が考え込む。

「第四種接触者の末路は、死ぬか、行方不明か、発狂するかだと思ってたからな。考えるのを避けてたところは正直ある。しかし……」

「私と空魚がその反証だからね」

「今のところはな。調子に乗るなよ」

私たちをぎろっと睨んでから、小桜は続けた。

「面白くない答えで悪いが、やっぱり第五種接近遭遇は、裏世界の存在との直接対話ということになるんじゃないのか」

「対話……それならもう、やってる気がします」

「ほんとに？　成り立ってると思うか、対話？」

そう言われると言葉に詰まってしまう。

「成り立ってない、ですね」

「だろ。そもそも可能かどうかもわからん。相互作用と対話は違う」

「小桜の作ってるプログラムなら、対話が可能だと思う？」

「まずそこに至るまでの整地作業の、はじめの一歩ってとこだな」

小桜は遠くを見るような目をして言った。

「白状するとな——最初の発想は違った。空魚ちゃんがさっき言っただろ、自動生成だとゴミしか生まれないんじゃないかって。まさにその通りで、大量のゴミを作ろうとしたんだよ」

「え？　どういうことですか？」

「裏世界が人間の怪談を参照してるなら、その参照元を大量のゴミ怪談で埋め尽くせば、裏世界側もそれを参照するしかなくなって、全然怖くなくなるんじゃないかと思ったんだ」

私は呆気にとられた。

「つまり……自動生成怪談で裏世界を攻撃しようとしたってことですか⁉」

「そう。スパムによる飽和攻撃でチャンネルを破壊するのが最初の目的だった」

「なんでそんなことを……」

「なんで？　一方的に怖がらされ続けて腹が立ったからだよ。充分な動機だろ」

「小桜さんにとってはそうかもしれませんけど」

裏世界に対する破壊工作を目論んでいたと言われて動揺する私に向かって、小桜は続けた。

「でもやめた。多分、効果がないだろうと思って。怖くない怪談は今だってたくさんあるはずなのに、裏世界のアプローチが的確に恐怖をもたらすのは、参照元の怪談ではなく人間の恐怖心に狙いを絞っているからだ。だとしたら、この方法は意味がない――そう思って諦めたところで、別の用途に気付いたんだ。ちょうど霞を引き取ったところだったから、タイミングがよかったな。そうじゃなかったら無駄なスパムを作り続けてたか、完全に忘れ去ってたところだ」

「……よかったです」

「そのプログラムって、名前はあるの？」

鳥子が訊ねた。

「ＳＫＭって呼んでた」

「なんの略？」

「そのまんま、スパム怪談メーカー（SpamKwaidanMaker）」

「ひどい名前！　略称もクズ（Scum）みたいだし」

非難された小桜が笑って言った。

「わかったよ。確かに、最初ならともかく、もう現状には合ってないしな」

「そうですよ。かっこいい名前付けてあげてください」

「名前苦手なんだよな。空魚ちゃん何かいいのある？」

口を挟んだら急にこっちにボールが飛んできたので、私は慌てる。

「えーと……そうですね……。〈カイダンクラフト〉……とか……」

パッと思いついたものを口にすると、小桜も鳥子も不思議そうな顔になった。

「どういう意味だ？」

「『マインクラフト』のクラフト？」

私の好みを知っているだけあって、鳥子は察しがよかった。

「そう、それそれ。あの、小桜さん『マインクラフト』って知ってます？」

「知ってるよ」

「あのゲームのマップって自動生成じゃないですか。プレイヤーが先に進むと作られてそれで世界が広がっていく……あの感じからの連想で……実際、怪談をクラフトするわけですし……」

「ああ、なるほどね。じゃあそれでいいや」

私のしどろもどろの説明に、意外にも小桜は異を唱えなかった。ネーミングにこだわりがあるタイプではないのだろう。

拠点を作って、探検してマップの範囲を広げていくゲームである『マインクラフト』と同じようなことを実際にやりたい――というのが、裏世界に対する私のモチベーションの一部だった。子供っぽいとは自分でも思っているので、それをあっさり肯定されてしまって若干の気恥ずかしさが残った。

「自然言語処理による怪談空間自動探索ソフトウェア、〈カイダンクラフト〉。うん、いいんじゃないか」

「なんか……やっぱりダサいです。やめましょう」

「なんでだよ。こういうのはちょっとダサいくらいでいいんだ」

「ええー、でも」

「空魚ちゃんが微妙なツラになるのが面白いし、これでいこう」

「なんですかそれ……」

私のうんざり顔がよかったのか、小桜は機嫌よさそうに笑った。

霞の夕食の準備があるというので、日が暮れる前に私たちは帰ることにした。一緒に食べていくかと誘ってはもらったけど、今日のところは遠慮した。

小桜は玄関まで見送ってくれた。霞はどこかに雲隠れしたまま出てこなかった。帰り際にふと振り返って、私は言った。

「小桜さん」

「ん？」

「また来てもいいですか？」

「あん？　何、今さら」

小桜は不審そうに言う。

「訊くのが一年くらい遅いんだよ。なんだ、あたしが霞を引き取ったからって遠慮してんのか？　柄にもない」

　私が黙っていると、小桜はふっと頬を緩めた。

「別に、好きにしたら。あたしもいい加減慣れたから」


「あんなんでよかったの？」

　駅までの帰り道、私は鳥子に言った。

「なにが？」

「小桜への報告。今日来た目的はそれだったんだよね？　なのに報告もあっさりだったし、反応も淡泊だったし」

「いいの。こういうのは話しておくのが大事だから」

「よくわかんないな……。〝付き合ってる〟ってすごく曖昧な表現だと思うんだけど、それを共有することで社会的な合意が得られるの、本当に意味わかんない」

「ずっと言ってるね、それ」

「しつこくてごめんね」

「それより、空魚、大丈夫？」

「何が？」

「なんだか、辛そうに見えたから」

鳥子にはお見通しだったみたいだ。私はため息をついて、白状した。

「自分でも意味わかんないんだけど。小桜の家が〝家庭〟になってるのを見て、すごく動揺しちゃったんだよね……」

私は話した。小桜屋敷のキッチンで感じた、強い寂しさを。霞の教育について話す小桜を前にしたときの心細さを。

鳥子は私の話を何も言わずに聞いた後、急に足を止めて、抱きしめてきた。

「ぐえ」

「…………」

「な、なに？　外だよ、外」

人の目を気にして焦る私に、鳥子が言った。

「子供、ほしい？」

そう訊かれて、一応考える。私たちの関係を、恋愛や婚姻と隣り合わせの文脈で捉えている鳥子にとって、真剣な質問であることは私にもわかる。

でも答えは変わらなかった。

「ぜんぜん欲しくない……ごめん……」

「そうだよね」

「鳥子は欲しいの、子供？」

「うーん……」

唸りながら、鳥子が身体を離す。

「わかんなくなっちゃった」

「私のせい？」

「きっかけは間違いなくそうなんだけど」

私を促してまた歩き出しながら、鳥子が言う。

「子供のころから漠然と、いつか好きな人と結ばれたら養子を引き取って育てるのかな、くらいに考えてたんだよね。自分が子供好きだし、そうするのが自然だと思ってたの」

「うん」

鳥子の育ちからすれば当然かもしれない。

「そしたら空魚、子供嫌いだって言うじゃない。ちょっとパニックになっちゃった。なんかすごい犯罪者とかが子供嫌いだって言うのならわかるよ、でも空魚みたいに優しい子がそんなこと言うなんて、意味わかんなかった」

「犯罪者ならわかるけど、ってのもかなり雑な言い方じゃない？」

「そうかも。ごめん」

「でも別に、それに関しては自分が変だとは思わないなあ。子供、基本的にうるさいし、頭悪いし、好きになれる要素があんまりない」

「ああ……」

鳥子が途方に暮れたように天を仰いだので、私は補足した。

「だから前にも言ったけど、別に子供を憎んでるわけじゃないんだよ。ただ、なるべく近づきたくないってだけで」

「それが納得できないんだよね……。空魚、霞の前ではちゃんとしてるじゃない。邪険にしたりしないし」

「しないよ、さすがに」

「DS研の中間領域に霞を探しに行ったときも、すごく優しく接してたじゃない。そういう実際の態度を見てるから、空魚の〝子供嫌い〟発言がしっくり来ないんだよね。そう思い込んでるだけなんじゃない？」

「それもなんか私的には違和感あるんだよね。霞の前で適切な態度が取れてるならいいんだけど……最近考えてたのは、私のは後付けの優しさなんじゃないかって」

「後付け？」

「鳥子の優しさは、こう、魂の底から来てるじゃない。そうするのが当然って、心の底から思ってるように見える。でも私の場合、この状況ではそうするのが適切だって、後天的に学習した優しさなんだと思う」

「優しさに先天的も後天的もあるかなあ……」

「あと言えるとしたら、私、そもそも家庭というものに拒否感があるから……。小桜と霞が〝家庭〟になってたのがなんか嫌だったの、そのせいかも」

私がそう言うと、鳥子は首を傾げた。

「んん～？」

「なに？」

「いや、これ言うとケンカになりそうだから……」

「何よ。言ってよ」

鳥子は妙な目で私を見てから、心を決めたように言った。

「〝家庭〟になってたのが嫌だったんじゃなくて、小桜を霞に取られちゃったのが嫌だったんじゃない？」

「……ん？」

言われてから意味を理解するまで何秒か必要だった。

「それって……」

カーッと頭に血が昇ってくる。怒りではなく、恥ずかしさで。

「だからケンカになるって言ったじゃん……」

「ケンカは……しないけど……」

顔が熱い。鳥子と目が合わせられない。

「つまり、私、小桜に〝母親〟を求めていたってこと？　そう言いたいの？」

「そこまでは言ってないよ！　ただ、その……甘えられる年上の……」

「あーいい、もういい。勘弁して」

私は両手で顔を覆って、鳥子の言葉を遮った。

「そんなにクリーンヒットすると思わなかった」

「…………」

「図星？」

「……自覚はなかった」

ダメージから回復できずに私は呻く。

「そんなにあからさまだった、私？」

「や、そんなことない。それに……私も、わからないでもないから」

「…………」

そういえば、鳥子も親を亡くしてるんだった。

どうにか気を取り直して、私は顔を覆っていた手を下ろした。

「あーもう……最悪。自覚なかったぶん恥ずかしすぎる」

「ごめん」

「謝んなくていいけど。はー……どういう顔して会えばいいんだろ、次行ったら」

「どういう顔も何も。普通にしてればいいでしょ」

「わかった。これからは小桜のこと、ひとりの女として見ることにする」

「ねえ、なんかやだその言い方。最悪！」

3

次の週末、私たちは久しぶりに神保町のゲートから裏世界に入った。

前回ここに来たのは、〈寺生まれのTさん〉の件の真っ最中、ゴールデンウィークのことだ。屋上から各階のフロアに穴を開けて、一階まで安全に行き来できるようにする計画を立てて着工したものの、それ以来いろいろあって作業ができていなかったのだ。

作業着でスーツケースを引いて、エレベーターに乗り、いつもの手順で裏世界へ。階数ボタンを押す順番はもう完全に手が憶えていて、何も考えずにできるようになっていた。エレベーターのドアが開くと、目の前に裏世界の光景が現れる。何もない屋上と、遮るもののない青空、廃墟の点在する草原。慣れたとはいえ、最初に二人でここに来たときの感動は忘れられない。

「よかった、こっちも晴れてる」

鳥子が空に手をかざして言った。

表世界と裏世界の天気は完全には連動していないことがある。表世界の梅雨は過ぎたけど、こっちがどうなっているかは心配だったので一安心だった。下の階まで行けば降られないとはいえ、雨の中で工事をするのはなんとなく嫌だ。

亜熱帯かと思うほど暑い表の世界の東京より、こっちの世界の方が少し涼しい。太陽にもやが掛かって日差しが若干弱いのと、風が吹いているのが大きな理由だろう。風を遮る建物も、熱を発する室外機もない裏世界の夏は、表世界よりもはるかに過ごしやすかった。

スーツケースを開いて工具を取り出す。下の階に降りる脚立の固定が緩んでいないか念入りにチェックしてから、前回開通した穴を通って十階、九階と降りていった。

工事の方針としては、とりあえず一階までの穴を開通させてしまおうというのが優先事項だ。大きな荷物を降ろせるように穴を広げるとか、滑車を設置するとか、雨を防ぐために屋上に天幕を張ろうとか、やりたいことはいろいろあるけど、まずは安全な道の確保。十階分の梯子で上り下りするなんて危険な真似はもうしたくなかった。

「それじゃ、やりますか」

「オーケイ」

ゴーグルと防塵マスクを付けて、私たちは工事を開始した。九階の床に電動工具の刃が食い込むと、耳をつんざく騒音が裏世界の静寂を切り裂いた。コアドリルとディスクカッターを使ってコンクリートと鉄筋をゴリゴリぶち抜いていく作業には、暴力的な爽快感がある。ブランクはあったけど、すぐにコツを思い出した。

何度か交代しながら、私たちは建造物への破壊行為を続けた。涼しいとはいえさすがに夏、汗と粉塵であっという間にデロデロだ。脱水にならないよう水と塩飴で補給しながら作業すること三時間半、八階への穴が開通した。

持ってきた脚立を固定して降りる。八階も今までと変わらない、何もないフロアだった。

「順調。今日中にもう一階行けそうだね」

「うん。お昼食べに行こう」

顔と首元を拭いたタオルは真っ白になった。表の世界に戻って、カレーを食べて、コンビニで飲み物とアイスを補充して、また裏世界へ。風が通るとはいえさすがに屋上では日干しになってしまうので、ひとつ下の十階に降りて日陰で昼寝をした。

一時間弱で目が覚めた。風が気持ちいい。小さいクーラーボックスを持ってきたので、アイスも麦茶もまだ冷たい。表の世界は連日三十三度越えの地獄みたいな環境だ。こっちにいる方がまだ正気でいられる。

「空魚、今日なんか機嫌悪い？」

「へ？」

バッグを枕に、仰向けになってぼんやりしていたところに、そんなことを訊かれたので面食らった。レジャーシートの上、隣で寝転ぶ鳥子との間には、食べ終わったハーゲンダッツのカップが二つ。

「なんで？　そう見える？」

「朝会ったとき、いつもより無口だったから。体調悪いか、眠いのかと思ったけど、その後も口数少ないし」

「よく見てるね、ほんとに」

毎度のことながら感心してしまう。

「昨日ね、大学で紅森さんって友達と話したんだけど」

「紅森さん。どんな子？」

「鳥子との……関係に悩んでたとき、相談に乗ってくれたんだけど」

「ふうん？」

「ねえ待って。怖いから」

「何が怖いの？」

「スウッと真顔になるの怖すぎるのよ」

「私の何をどう喋ったの？」

「怖い怖い怖い。順を追って説明するから聞いて」

「聞いてるよ？」

思わぬ圧に怯みながらも、私は説明した。一週間の期限を切られて、鳥子との関係を真剣に考えざるを得なくなったとき、友達と恋人の違いとかいう子供みたいな悩みを抱えた私の話を紅森さんが聞いてくれたことを。人と人との付き合いは定番コースだけではなく、その二人に合ったいろんな可能性を模索してもいいのではという助言をもらったこと。そして、私が関係に悩んでる相手というのが、鳥子だとあっさりバレたことも。

「そっか……空魚もちゃんと、真剣に悩んでくれてたんだあ」

呟く鳥子はなんだか嬉しそうだった。話を聞くうちに、どうやら〈紅森さん〉が脅威ではないらしいと納得したらしい。

「面白い子だね。今度会ってみたいな」

「いいけども」

会ったら会ったでまたニコニコ人見知りモードになるんだろうなとは思いつつも、拒む理由もない。少なくとも紅森さんは喜びそうだ。

「それで？　紅森さんと話して、どうしたの？　何か言われた？」

「いや、そうじゃなくて……私が言っちゃったほうなんだけど」

「空魚が？」

私は後悔のため息をつく。

「大学行ったらね、紅森さんが来てさ、その後どうなったのって訊かれたわけよ」

「恋バナ好きな子なら、そりゃ訊くよね。どう答えたの？」

「すっごい考えたのよ。なんて説明すれば伝わるかって」

ことは小桜への説明よりもずっと難しかった。紅森さんは裏世界のことなんか何にも知らないし、私と鳥子の辿ってきた紆余曲折（うよきょくせつ）も知らない。背景情報がほぼ皆無な友達に、〈鵼〉がどうこうと言っても通じるわけがないのだ。

さんざん悩んだ挙げ句、私の口から出た言葉がこうだった。

——付き合うことになりました。

「もうさあ〜！　それがめっちゃめちゃ悔しくて！　さんざん〈恋愛〉じゃない関係を二人で模索して辿り着いたわけじゃない。なのにそれを、人に訊かれたときに説明しようとすると、〈恋愛〉の文脈に引き寄せられちゃう！　屈辱だよ……」

憤慨していると、鳥子が手を突いて、むっくりと身体を起こして、私を覗き込んできた。

「……なに？」

「…………」

言ってる間にキスされた。

「なに、なに」

「おい！　こら！　発情してんじゃない！」

「だめ？」

「だめだよ！」

私は鳥子を押しのけて起き上がった。

「はい、起きた起きた！　昼休み終わり！　工事再開！」

「はーい」

何だ今の。興奮する要素あった？

解せない思いをしつつも、午後の工事が始まった。コンクリートを削りながら、私は頭の隅で考えていた。

私が言ったことの真意は、鳥子に伝わっていない――。

私たちの関係を語ろうとしたときに、他ならぬ自分の口から、よりによって「付き合っている」という言葉が出てきたことが、私はショックだった。まったく笑い事ではない。怖かったのだ――こちらの意思にかかわらず、〈恋愛〉という文脈に引き寄せられてしまったことが。

あの言葉は、私の意図するものではなかった。自動的に口から出たものだった。あの一瞬、私に意思はなかったのだ。「付き合っている」と口にした私はｂｏｔだった。

私と鳥子がお互いの間で納得して、どれほど自分たちだけの特別な関係を定義しようとも、油断するとあっという間に〈恋愛〉にされてしまう。巨大な重力を持つ天体に引き寄せられるようなものだ。

順を追って説明すれば鳥子は理解してくれると思う。紅森さんも……多分。でも他の人はどうだろう。小桜はこういう話自体面倒くさがるだろうけど、真面目に話せばわからない人じゃない。夏妃(なつみ)は無理そうな気がする。

　もう一つ怖いのは、わからない人には、私がこうして怖がっていることすら〈恋愛〉の文脈で受け止められるだろうということだ。これは確信がある。つまり、恋愛ビギナーの私が、自分の恋愛を認めることができずに、愚かにのたうち回っている――と。好意的にしても、嘲るにしても、幼児を見るような目で見られるだろう。〈恋愛〉重力圏の中にいる人間は、重力の存在を自覚できずに、〈恋愛〉の文脈に沿って自動的に動くからだ。

　きっとそれは、個々の人間のせいですらないのだろう。

地球上の人間が重力の影響を受けているのが、人間のせいではないのと同じで。

じゃあ、何のせい？

　私は考える――

　もしかして、〈恋愛〉という概念そのものが、何かとてつもなく恐ろしいものなんじゃないだろうか……？

「よーし、行けた！」

　鳥子の声で、私は我に帰った。鳥子の手にしたコアドリルが、最後の穴を貫通していた。ディスクカッターで残った鉄筋を切って開口部が完成。これで七階まで降りられるようになった。

「三時間ちょっとかな。少し早くなったんじゃない？」

「四回も同じことやると慣れてくるもんだね」

脚立を下ろして、二人で様子を見に行く。どうせまた何もないとはわかっていても、新しいフロアに行くのは毎度わくわくしてしまう。

ゴーグルを上げると、汗まみれの顔に風が気持ちよかった。日が傾いて、西日が眩しい時間帯だ。次はどの辺に穴を開けようか……とフロアを見回した私は、驚いて声を上げてしまった。

「鳥子！　階段がある！」

「え……ほんとだ！」

七階の中央付近に階段の降り口があった。駆け寄って覗き込むと、折り返して六階に続き、なんとさらに下へと続いているようだ。

地上に辿り着くまであと六回コンクリートをぶち抜かなければならないと思っていたので、嬉しい驚きだった。疲れも忘れて、私たちは手を取って喜んだ。

「どこまで行けるかな？　途中の階で途切れてても、これでかなり楽ができるよ」

すぐに降りようとする私を、鳥子が慌てたように引き留める。

「待って待って、空魚。この階段、安全？　大丈夫そうに見えるけど、廃墟みたいな建物だからね、ここ」

「……鳥子、頭いいね」

「ありがと。いまの空魚はちょっと頭悪くなってるかも」

「言ってくれるじゃん」

とはいえ鳥子が全面的に正しい。ここまで怪我をしないように慎重に作業してきたのに、階段が崩れたりして骨でも折ったら最悪だ。

階段の降り口に腰を下ろして、慎重に体重をかける。足に伝わる感触はしっかりしている。崩壊の予兆は……なさそうだ。

「大丈夫そう――」

私がそう言って、鳥子を振り返ったときだった。

音が聞こえた気がして、私たちは反射的に階段下に目を向けた。

「いま何か……」

「うん」

鳥子が頷く。

耳を澄ます。間違いなかった。裏世界の静寂の中では、それまでなかった音が聞こえたらすぐにわかる。

明らかに人の足音だった。

革靴か何か、固めのソールがコンクリートに打ち付けられる音が、一定の歩調で続く。こちらに向かって、近づいてくる。

誰かが階段を上がってくるのだ。

何者にしても、私たちの話し声や物音も聞こえているはずだ。なのに、無言のまま向かってくる。あまりいい兆候ではない……というか、裏世界で誰かの足音がする時点でそもそもおかしいのだ。

「誰？」

銃を抜きながら鳥子が大声で呼びかけた。返答はない。足音は同じペースで上がってくる。私も階段から立ち上がって、自分の銃を抜く。と——急に下からの音が増えた。話し声だ。何人かの男女が、賑やかに会話しながら階段を上がってくる。足音は変わらず一人分だ。

「……さんは、どこが」

「……ですよね、あそこは」

「……いやいや、ははは」

「……でもねえ、そういう」

「……とはいえ、ねえ」

声はどんどん近づいてくるのに、話している中身は聞き取れない。和やかで日常的な会話から、雰囲気だけを取り出したみたいだった。喩えるなら、会社の昼休みに何人かで職場を出て、どこにランチを食べに行くか相談しているような。

私たちは銃を持ったまま後ずさりした。足音と話し声はいよいよ近づいて、すぐ下の階まで上がってきたのがわかった。いつでも撃てるように右目に意識を向けていると、ついに階段から足音の主が姿を現した。

まず、異様な形の塊が見えた。人の頭のサイズよりも縦に長く伸びたそれはガラスのように半透明で、向こうの風景が透けて見える。ボコボコと膨らんだ不規則な形状は、収穫時期を過ぎて育ちすぎたキノコの塊を思わせた。

塊の下には、人の身体が付いていた。ワイシャツにグレーのズボン、足元は茶色の革靴。地面に倒れ込んでいたみたいに、乾いた泥があちこちに付着している。シャツの袖から垂れた手は変形していて、頭と同様に半透明の塊になっていた。どこが指かも見分けが付かない。

階段を上がりきったそいつが、七階の床に立って、私たちを見た——視覚があるのかわからないけど、見られている気がした。

鳥子がはっと息を呑んだ。

「空魚、こいつ、見たことあるかも」

「え⁉　どこで？」

「くねくね狩りに行ったとき、倒れてた人――違う？」

言われて記憶が蘇った。そうだ！　ずっと前、鳥子に誘われるまま裏世界に入って、くねくねを狩りに湿地に入ったとき、私たちは確かに、こんな格好の男が死んでいるのを目にした。透明な菌糸のようなものに頭部を侵食されて、自分の目に指を突っ込んで……。

どう見ても死んでいたその男が、いま私たちの前にいる。前に見たときよりも頭部の変異がずっと進んでいる。両手もその影響を受けたのかもしれない。

意味の取れない話し声は、いつの間にかふっつりと途絶えていた。透明な頭部の中で、チラチラと光が瞬（またた）いて見えるのは、外から入った光が内部で屈折しているからだろうか。

どう出る？　攻撃してくるのか？　それともまた、何か話しかけてくる……？

先手を取って撃つべきかどうか考えながら、右目で相手を捉え続けていると、そいつはふっと横を向いた。そしてそのまま二歩、三歩と進んで、今度は私たちに背中を向けた。

そして浮き上がった。

「えっ？」

思わず声が漏れた。意味がわからないことに、そいつは何もない空中を踏んで、また登り始めたのだ。まるでそこに見えない階段があるみたいに。

　鳥子もぽかんと口を開けている。私たちの見守る前で、そいつは見えない踊り場でまた向きを変えて、さらに登り続けた。革靴の足裏が、私たちの上の空気を踏んでいく。頭が天井につっかえるかと思ったら、なんの抵抗もなくすり抜けて、上の階へと消えていった。

　いったいどこへ……？　私たちは慌てて脚立に駆け寄った。急いで登ったのに、もうあの男の姿はなかった。ただ、会話を模したようなあの音がまた上の階から聞こえていて、徐々に遠ざかっていった。

　屋上まで戻ったときには、その音も途絶えていた。男の姿はどこにも見当たらない。エレベーターの前に乾いた泥が少しだけ落ちていて、それがあの男の痕跡とも思えたけれど、確信は持てなかった。

　一体何だったのか、私たちは話し合った——もしかすると、かつてこのビルで働いていた誰かが、うっかり裏世界に迷い込んで、そしてくねくねにやられたのかもしれない。それが表の世界に帰ろうとしたのかも。

　とはいえ無関係の私たちには確かめようもないから、想像の域を出ない話ではある。

「あの空気階段は何だったの？」

「あの人が迷い込んだときはこのビルにも階段があったのかも。そのときの記憶で動いてたから、あの人だけしか認識してない階段を登っていけたとか……。裏世界の建築物、見てないとたまに変わるみたいじゃん。マヨイガもそうだったし」

「やば。このビル、こんなに頑張って工事してるのにリセットされたら泣いちゃう」

「それか、回転展望台で見たみたいに、裏世界もちょっとズレると細部が変わるのかも」

「違う相を通って……元の世界に帰れたのかな」

「どうだろう……？」

実際には表の世界には出ていってはいないとは思う。あんな奴が出てきたら騒ぎにならないわけがない。でも、だったらどこへ……？

行方不明になった人間が裏世界から帰ってくるという状況を想定してか、鳥子は少しメランコリックになっているようだったけれど、あの姿で元の世界に戻れたとしてそれが幸せなことかどうか、私はどうしても疑ってしまうのだった。

ファイル 29

第四種たちの夏休み

1

「つかぬことをお伺いしますが――お二人はこの夏休み、ご予定あります？」

唐突な汀の質問に、私たちは戸惑って顔を見合わせた。

七月の末、DS研の汀のオフィス。相談があると言われて呼び出された私と鳥子に、最初に投げかけられた質問がそれだった。

「予定……」

「予定って……旅行とか、そういう意味の？」

「そういう意味です」

私は首を振る。夏休みに何かイベントを入れるという発想は新鮮だった。言われてみれば、世間の人はそうするものかもしれないけれど、単に裏世界の探検や整備に使える時間が多くて嬉しいとしか思っていなかったのだ。

「私はなにも。鳥子は？」

「空魚はなにも考えてないんだろうなって思ってた」

「悪かったね」

「いいけど」

「いや、だって、短いじゃん夏休み。せいぜい十日くらいでしょ。どっか行っても人多いし」

「短いんですか？　大学の夏休みというのは長いものだというイメージがありましたが」

汀が怪訝そうな顔をする。

「私もそう思ってたんですけど、短いんですよ……」

スケジュールを確認しながら、私はぼやく。

「八月の九日から十九日……土日込みで二週間ないんですもん。まさか小学生のときよりも短くなるとは思わなくてがっかりでした——ねえ、鳥子もショックじゃなかった？」

私が横を向くと、鳥子の視線がツッと横滑りした。

「ン？」

「………」

「なんで目を逸らしたの？」

「…………」

「え、もしかして、鳥子って夏休み私より長かったりする？」

「……ちょっとだけね」

「いつからいつまで？」

「……八月一日から、九月二十六日まで」

「はあ⁉」

びっくりして思わず立ち上がってしまった。

「何それ⁉　二ヵ月近いじゃん‼」

「ああ、やっぱりそのくらいありますよね、大学の夏休みって」

汀が納得したように頷く。私はひとつも納得できない。

「なんで黙ってたの……いや私も訊かなかったけど、去年の夏の段階で教えてくれても」

「言い出せなくて……」

「か〜〜っ！　やってらんね〜〜！」

やさぐれた私はソファにどさっと腰を下ろした。

なんとなく言いそびれるのはわからんでもないけども。

というかこんだけ一緒にいる相手の夏休みがおぼろげにすら把握できてなかった自分もどうかと思うけども。

やさぐれている私をよそに、汀は何やら思案している様子だった。

「そうですか、なるほど……大学によって日程が違うだろうとは思いましたが、これほど差があるというのは想定外でしたね。まあ、それほど日数を掛ける必要はないでしょうし、問題はないとは思いますが」

「……何の話ですか？」

どうでもよくなりつつも一応訊いてみると、汀は顔を上げた。

「ああ、失礼しました。もしお二人が可能でしたら、という前提のお話ですが——何日か、キャンプにお付き合いいただけないかと思いまして」

思わぬ単語にきょとんとしてしまう。

「キャンプって、何かの隠語ですか。水遊びとかと同じ系列の」

「違います」

「野外にテントで泊まる、あのキャンプで合ってます？」

「野外にテントで泊まりはします」

持って回った言い方は、生真面目なのか、汀なりの冗談なのか。困惑していると、鳥子が言った。

「ブートキャンプの方？」

「そちらの方が近いですね」

汀が頷いた。

「ブートキャンプって、エクササイズとかするやつだっけ」

「もともとは軍隊の新兵の基礎訓練のこと」

「……え？　つまりそれ、私たちを訓練するって言ってます？」

鬼軍曹にしごかれてヘロヘロになっている自分たちを想像して、私は怯む。

汀は笑って首を横に振った。

「まさか。お二人は新兵なんてタマじゃないでしょう。お二人にお願いしたいのは、教官役の方です」

脳裏の鬼軍曹が私と鳥子になった。私はますます困惑する。

「誰に何を教えろと？　鳥子はともかく、私は基本的にド素人ですよ」

謙遜ではない。子供のころから銃の扱いを教わっていた鳥子と違って、私は銃器のことをほとんど知らない。鳥子が根気よく教えてくれたから、うっかり自分や他人を誤射しないように、銃口の管理だけは身についた。どんくさい私も、これだけはちゃんとしなきゃと思ったからだ。

　でも実際に撃って当てるのは下手なままだし、手持ちの弾丸が少ないので練習もしていない。射的がうまくなりたいという気持ちもそんなになくて、必要なときに撃てる最低限の技術があればそれでいいと思っている。意識の低いシューターなのだ、私は。

　成り行きで拳銃とライフルを手に入れて、ありがたく使ってはいるけれど、銃という道具への情熱が私にはない。もちろん、鳥子にもらったマカロフだから大事にしているし、大変だったきさらぎ駅からの脱出行で手に入れたCQB－Rだから愛着もある。壊したりなくしたりしたらものすごくショックだろう。でも基本的に、藪漕ぎをするときの鉈と同じ、探検用の道具の一つと思っている。

「訓練していただきたいのは、トーチライトのオペレーターでして――」

　汀がそんなことを言うのでいよいよわけがわからなくなった。トーチライトＩｎｃ．はDS研の仕事を請け負っている民間軍事会社だ。

「本職じゃないですか」

「私もさすがにプロに教えられる技術はないかなあ……」

　私たちが混乱しているのを見て、汀が我に返ったように頭を下げた。

「申し訳ありません。順を追って説明させていただきます」

どうもブートキャンプの語が出たあたりから話が飛んでしまったようだった。汀が仕切り直して説明を始める。

「まず前提として、DS研のセキュリティを再構築したいと思っています。当施設はこの半年で二回、侵入を許しました。一つは潤巳るなのカルト。もう一つは〈寺生まれのTさん〉。どちらの場合も大きな被害を受けましたが、抜本的な解決策がないまま現在に至っています。非常にまずい状況と言えます」

潤巳るなのときは、釘打ち銃で撃たれて怪我人が出ているし、〈Tさん〉には第四種の収容患者を殺されている。客観的に見ても最悪の結果なのは確かだろう。

「ただ、しょうがない面もあるんじゃないですか。るなの〈声〉に抗うのは不可能ですし、〈Tさん〉はちょっとレベルの違う敵でしたし……」

「そうも言っていられません。敵対的な第四種接触者、あるいはウルトラブルー・エンティティが次はいつ現れるか知れませんし、現状我々には対抗手段がありません」

「敵対的じゃないけど、霞もそうだよね」

鳥子が口を挟んだ。汀が乾いた笑いを漏らす。

「ええ……あらゆるセキュリティ担当者の悪夢ですね。実際、あの子がUBアーティファクトの保管庫から恐ろしいものを持ち出す夢を見て、何度か飛び起きましたよ」

「ほんとに持ち出されなくてよかったですね……」

「持ち出されていない保証がないんですよ」

　言葉を失う私に、汀が続ける。

「トーチライトを導入したのは、潤巳るなの件からの教訓です。第四種としての能力に対しても、プロのセキュリティ人員が警備していれば、ある程度の抑止効果と防衛力が期待できる。そのはずでしたが――」

「〈Tさん〉は反則だったもんね」

　鳥子の言うとおりだ。いくら守りを固めていても、敵が突然内部に現れたらどうしようもない。

「でも、だったらどうするんです？　同じことがまた起きたとして、うーん……罠でも仕掛けておくくらいしか思いつかないです」

「トーチライトを訓練するっていっても、空魚の目の力も、私の手も、人に教えられるようなものじゃないし……」

　汀が頷いて言った。

「そこで辻さんを呼び戻しました」

――辻。前にここで会った、魔術師を名乗る女だ。

「えーと……ごめん、誰だっけ」

「仁科（にしな）さんはまだお会いしていなかったはずです。UBアーティファクトの管理人をやってくれていたのですが、しばらく休職していたので」

「ああ、管理人さん。そういえば空魚は会ったとか言ってたっけ」

「うん」

　初対面の印象では、どうにものらりくらりとして摑みにくい人物だった。自分で魔術師とか言ってるのも、本気なのか、何かの冗談で言っているのかわからない。ただ、第四種でもないのに私の右目に抵抗できるのは確かだ。あれがインチキでなければだけど。

「辻さんならDS研を守れるんですか？」

「まだなんとも。可能ならそれに越したことはないですが」と汀は答えて続けた。

「とはいえ辻さん一人に頼るのはやはり無理がある。敵対的な存在に対する防衛手段を持つ複数の人員をローテーションできる体制を構築したい。そのために、トーチライトを訓練したいわけです」

　ようやく筋道が見えてきた。私たちにその訓練を担当してほしいというわけだ。

「あの人の魔術がどうこうって話、真面目に受け取っていいんですか？」

「当然疑いますよね。正直、私も煙に巻かれがちなのですが、最低限何らかの心理的な技術は持っていると考えてよいと思います」

「催眠術みたいなやつってことですか？」

「訊いてみたところ、催眠術も魔術の一分野だよ、とのことでした」

想像が付く。質問にまともに答えないタイプだ。

「なんとなく話はわかりました。でも、訓練って何をどうすればいいのか……」

「そうですね、そこをお話ししましょう。まず、オペレーターの訓練のために、専用の施設を整備したいと思います。いわば対UBLを想定したシミュレーション環境ですね」

オペレーターというのは、トーチライトの兵士のことだ。

「シミュレーションってことは、VRとかですか」

「いえ。将来的にはVRの使用もあり得るかもしれませんが、まずは物理的な訓練環境です。幸い、私たちには訓練に適した施設があります」

「そんな場所あるんですか？」

「ええ、人目に付かない山中に便利な場所があります」

「……え、それって」

汀は頷いた。

「はい。紙越（かみこし）さんが管理されている、飯能（はんのう）の〈山の牧場〉を使わせていただけないかと思いまして」

2

〈山の牧場〉――正確には、その名前で知られている有名な怪談スポットを真似て、潤巳るなが埼玉の山中に作り上げた施設だ。通常の手段で辿り着くには、曲がりくねった未舗装の山道を通るしかない。その道も藪に埋もれかけているから、用のない人間には存在すら気付かれないだろう。トーチライトみたいな非合法の武装集団が訓練に使うには、確かにうってつけかもしれない。

「あそこを……ですか」

「はい。外界から隔絶されている一方、私たちは〈まる穴〉のゲートを使ってDS研（ここ）との間を容易に行き来できます。あれほど便利な場所は、ちょっと他に思いつきません。――紙越さんは、あまり他人をあそこに入れたくないかもしれませんが」

先回りしてそんなことを言われたので気まずくなる。見透かされていた。

私が〈牧場〉の管理人として名乗りを上げたのは、私たちだけのポータル施設を手に入れる絶好の機会だったからだ。あそこには、るなのカルトによって多数のゲートが口を開けていた。そんな場所をみすみす放棄するなんてあり得ない。自分が責任者になって管理するという先走り気味の提案が受諾されて、私は首尾よく〈牧場〉管理者に就任した。そういう経緯で、〈牧場〉は私たちだけの拠点になったのだ。正直言って、余計な人間に入って来てほしくはない。

ただ、それが身勝手な願いだという自覚はある。実際今まで何度も、汀やトーチライトは、私たちと一緒に〈牧場〉を訪れている。〈まる穴〉の地下室から地上に通じる搬入路の増築や、ＡＰ‐１を上階に移動するリフトの設置といった大規模な工事には、建築会社を兼ねるトーチライトの協力が必要だったからだ。リフトはまだ準備中だけど、搬入路は最近完成した。つまり、現状すでに、私と鳥子以外の人間が何度も〈牧場〉に入っている。しかも私の希望する工事のために。それを邪魔者扱いは、さすがに酷すぎるだろう。

とはいえ……。

「危ないのは間違いないですよ、あそこ。いまさらですけど」

発見したゲートはすべて閉ざしてある。でも、どれも消滅させてはいない。こちらからは鳥子の手がないと開ける手段がないけど、ゲートの向こうから何かが出てきたら？

るなたちが頑張りすぎた結果、心霊スポットの詰め合わせみたいになった〈牧場〉は、ゲートを抜きにしてもまともな場所じゃない。私たちは対抗手段があるからいいけど、そうじゃない一般人にとってはただただ気持ちの悪い、心身に悪影響の出そうな場所だ。

「だからこそとでも言いましょうか。こちらは訓練を通じて、ＵＢＬへの曝露に耐性のあるオペレーターを養成したいと思っておりますから、むしろ理想的な訓練環境ではないかと」

「とんでもないこと考えますね。ほんとに大丈夫ですかそれ」

屈強なオペレーターが〈牧場〉の禍々(まがまが)しさに当てられてげえげえ吐いていたのを思い出して、私は心配になる。

「笹塚(ささづか)さんとよく相談して合意済みです。現場は意外と乗り気ですよ」

正気か……？

私の表情がよほど不安そうだったのか、汀が付け加えた。

「もちろんこの話は、お二人にご監督いただけることを前提にしています。それが不可能なときに〈牧場〉を使用することはありません。地下のゲートが使えないと不便極まりない場所ですから、お二人がいない状況での使用は現実的ではありませんし」

「そうですね……鳥子、大丈夫だと思う？」

「いいんじゃない？」

鳥子があっさり言った。

「こっちの世界で泊まりがけでキャンプに行くの、楽しそうだし」

「泊まりがけ……実際はどうなんですか？　さっきキャンプって言ってましたけど、ゲートでここと繋がってるから毎日帰ることも可能ではありますよね」

「トーチライトの皆さんは野営も込みでの訓練を想定していますね。二泊三日程度でしょうか」

「それに付き合う私たちも一緒にキャンプする必要があるってことですね」

「そういうことになります。私はすみません、全日程一緒にいられないかもしれません。こちらでの事務仕事が、どうしても」

「お疲れさまです……」

なんだか訓練よりもそっちの方が大変そうに思えてしまう。

さんざん躊躇（ためら）いながらも、私は頷いた。

「わかりました、それならまあ、やってみます」

「ありがとうございます。報酬ですが、お二人合わせてこれくらいではいかがでしょう」

提示された電卓の数字を見て、私は力強く言った。

「お引き受けします！」

「助かります」

　丁寧に頭を下げてから、汀が続けた。

「関連してもう一件相談があるのですが、よろしいでしょうか。この訓練を利用して、もう一つの懸案事項を解決したいと考えています」

「何ですか、懸案事項って」

「潤巳るなの処遇です」

「……ああ」

　それは確かに懸案事項だ。

「我々の間では、様子を見つつ、将来的に潤巳るなを解放する方向で合意が取れていたと思います。これについて、お二人は今でも異存ありませんか？」

「まあ、そうですね、はい」

「うん……しょうがないと思う」

「わかりました。私も同意見です。こちらで身柄を預かって以降、潤巳るなは自分の能力を使っていません。その機会があったにもかかわらずです」

「機会？」

「ええ。ケアレスミスを偽装して、私と病棟で二人きりになるタイミングを作ってみました。状況がわかっていたはずですが、何も仕掛けてはきませんでした」

「ずいぶん思い切ったことしましたね？」

「そうかもしれません。もちろん監視はしてもらっていましたし、やられたときすぐお二人に連絡が行くよう手配していましたから」

「それにしても……危ないよ」

　鳥子が言わずもがなことを言った。とはいえその通りだ。潤巳るなに「死ね」と言われたらその人は死ぬのだから。

「お二人にだけリスクを冒していただくわけにはいきませんから。そういうわけで、いわば保護観察期間を取っていたのですが、その間の素行は悪くありませんでした。そろそろ現実的に解放を考えるべきかと思います」

　いよいよか、という思いがある。他人を意のままに操る〈声〉を持つ第四種接触者を世に放ってもいいのかという不安は拭いきれないけど、私たちは司法機関でもなんでもないし、潤巳るなの罪は法律で裁ける類（たぐい）のものでもない。未成年を監禁しているＤＳ研の方が、法的にはずっとまずい。

　だからいずれは解放せざるを得ないし、その際は私たちの「ファミリー」として迎えることで管理するしかないだろう……という、大人の責任感と悪賢さを合わせたような結論になったのだ。家族という枠組みに不信感を持つ私としては不本意なのだけれど。

「解放はいいんですが、この訓練を利用するってどういうことですか？」

「〈牧場〉はもともと潤巳るなの作った場所です。訓練に当たって、彼女の知見や能力は有用なのではないかと思いまして」

「受刑者にボランティアさせるみたいな感じね」

鳥子が納得したように言った。

「近いかもしれませんね。社会復帰の過程として、一般社会で作業させることで他人との協調性を見ることもできますし」

「私たちは一般社会ではないと思いますが、理解はしました。ただ……ずっと見てるの無理ですよ。トーチライトの訓練の監督もしながらあいつの面倒も見るって、不可能だと思います」

「わかっています。それに関しては別の手を考えていますから」

「別の手？」

「とりあえず、ここからは本人を呼んで話しましょうか」

汀がデスクの電話で内線を掛けると、しばらくしてノックの音がした。

「失礼します」

オフィスのドアが開いて、潤巳るなが看護師に連れられて入ってきた。

るなの顔がこっちを見て、ぱっと明るくなる。

「紙越さぁん！」

はいはい、と手を挙げて挨拶してやる。飛びついてきそうだったので牽制も兼ねている。

「どうぞ、座ってください」

汀がるなに空いているソファを勧めた。るなは目をぱちくりさせて、言われるままに腰を下ろす。

看護師は初めて見る人で、柔道でもやってたみたいにがっちりした女性だった。退出しようとするところに、るなが愛想よく手を振って、短い手話で何かを言った。看護師がにっこり笑って、会釈して出ていく。前に聞いた、るなの世話をしている耳の聞こえない看護師というのはあの人だろうか。

「えーと？　なんの集まりですか、これ？」

るなが私たちを見回して不思議そうに言う。

「え、てか、いいんですか私ここにいて。自分で言うのもなんですけど――」

「るな」

「はい」

「キャンプ行く？」

「はい……？」

私の言葉に、るなが怪訝な顔をする。

「山でキャンプ。行きたい？」

私を見つめるるなの顔が、なぜか次第に青ざめていく。

「殺されるんですか、私」

「え？」

「山に埋められるってことですか。いつかそうなる気はしてましたけど」

「違うよ！」

「じゃあ何の隠語なんですか！」

「隠語じゃないっての」

怯えるるなに、汀が話しかける。

「潤巳さん。相談した結果、あなたをこの施設から解放してよさそうだという話になりました。今までご不便おかけいたしました」

「……解放？」

「社会復帰に当たって多少のサポートは可能かと思います。が、その前に一つお願いしたい仕事がありまして、今日はそちらのご相談を兼ねてお呼びしました」

きょとんと話を聞いていたるなが、びっくりした鳥みたいに素早く、私、鳥子、汀の顔を順番に見た。

「釈放ってことですか!?」

「まあ、うん」

民間の監禁の場合も釈放って言うのかな、と思いながら私は頷いた。るなは両手を突き上げる。

「やったー！　シャバだー！」

「シャバって」

「ラーメン食べよ！　絶対食べる！　紙越さんも一緒に行きません？」

「ラーメンの前にね、仕事があるのよ」

「仕事？　私にですか？」

私たちは説明した——〈牧場〉で民間軍事会社の訓練をするから、元所有者のるなにもそれを手伝ってもらいたい、そのためのキャンプだということを。

「は〜、好き勝手にいじってくれたもんですね、私の〈牧場〉を」

「もう私のだから」

「出た、戦国武将」

ンフッ、という大きめの失笑が鳥子の方から聞こえた。何だか知らんがツボらしい。

「ん〜、話はわかりました。要するにこれ、卒業試験的なやつですね？　私を釈放して大丈夫かどうか見るための」

「まあ、そんな感じかも」

「いいですよ。やりましょう、キャンプ。焚き火したり、マシュマロ焼いたりしましょう」

「真夏だけどね……」

キャンプはいいのだけれど、懸念の一つはそれだった。山の上とはいっても、八月のキャンプはめちゃめちゃ暑いし虫も出るのでは？

るなは意外そうな顔になった。

「それ込みであそこ選んだんじゃないんですか？」

「え？　どういうこと？」

「心霊スポットだからですかね。あそこ、クソ涼しいですよ」

鳥子と顔を見合わせてしまった。それは……大丈夫なんだろうか？　涼しさにいい悪いがあるとしたら、悪い方の涼しさでは？

一旦状況を把握すると、るなは見るからにテンションが高くなっていた。胸の前で手を合わせて、私たちの方に向き直る。

「あのぉ、いっこ提案があるんですけどぉ」

「……なに？」

ろくでもない提案だろうなと思いながら私は訊いた。

「社会復帰はいいんですけど、私、未成年で、天涯孤独じゃないですかぁ」

「うん……」

天涯孤独をこんなテンションで言う奴いるんだ。

「だから誰か保護者っていうか、身元引受人が必要なのかなって思うんですけど、合ってます？」

これは汀への質問。

「はい。おっしゃる通りです」

「ですよね！　だったら、あの――」

「いや無理だよ⁉　無理無理、さすがに無理」

矛先が私に向いたのかと思って、私は本気で焦る。確かに成人してはいるけど、私にこいつの身元引受人なんてできるわけがない。

「え？　やだ、違いますよぉ。紙越さん学生でしょ、さすがにそんなお願いしませんって」

「そ、そう……」

私の動揺をよそに、るなは続けた。

「そうじゃなくて……小桜さんにお願いできないかなって思ったんですけど」

ああ……と納得するような空気が流れるのを感じた。

「なんで小桜なの？」

鳥子が訊ねると、るなは答えた。

「えー、優しそうな人でしたし、この前話したら、なんとなく趣味も合いそうですし」

──小桜がチョロそうだと思ってるなこいつ。

私が何か言う前に、汀が口を開いた。

「ご安心ください。潤巳さんの身元引受人の件は、こちらでも考えていました」

「ほんとですか？　じゃあ、小桜さんも──」

「お呼びしてありますので、直接お話しください」

「へ？」

タイミングを見計らったみたいにドアが開いた。

「どうも〜」

気さくな挨拶と共に入って来たのは小桜ではなく、ベリーショートにピアスの女性。DS研の自称魔術師、辻だった。

「お、紙越くんじゃゃん。てことはそっちが仁科くんだ。でしょ？」

「……そうだけど」

警戒心を露わにする鳥子に、辻はにっこり笑いかける。

「ん〜、なるほどいい面構えだね！　それでこっちが——」

るなの横で立ち止まると、上から覗き込むようにして辻が言った。

「潤巳るなくん。起きてるときには初めましてだ。前に見に行ったときはお顔包帯でグルグル巻きになってうなされてたもんね」

「……誰ですか？」

「辻です」

「はあ」

辻はるなを見下ろしたまま、汀に向かって言った。

「汀くん、子供の世話は女にやらせとけってタイプ？」

汀は真顔で答えた。

「私のようなまっとうに生きていない人間が未成年に関わったら駄目でしょう」

「はは、ウケんね。だってさ、潤巳くん」

「はい？」

「そういうわけで、私が君の身元を引き受けることになりました。よろしくね」

「……はあ!?」

るなが汀の方を見て抗議する。

「え、嫌なんですけど。てか誰ですかこの人。初対面でいきなり身元引受人ってあり得なくないですか」

「初対面は初対面なんだけど、こっちには理由があるんだよね」

「なんですか理由って」

「君さあ、ここ襲ったときにアーティファクト保管庫荒らしたじゃん。私、あそこの管理者なんだよね」

「あっ……」

やべ、という表情がるなの顔に浮かんだ。辻は笑顔のままだったけど、その笑顔は心なしか威圧的に見えた。

「ふざけたことしてくれたなあって思ってたんだけど、未成年に手荒なことできないからさ」

「な、何するつもりですかちょっと、やめてください」

「だから何もしないよ。それどころか、過去の恨みを水に流して、なんと身元引受人になってあげようってワケ。超やさしいでしょ、私」

「やだやだやだ、汀さん！　この人なんか怖い！　小桜さんがいい！」

「だめだめ、君にそんな私物化させるわけないでしょ。小桜くんはみんなのものだからね」

この人はこの人で無茶苦茶言ってるな、と思いながら傍観していると、我慢できなくなったのか、るなが立ち上がった。

「もういいです！　保護者とか要らないですから、放っておいてください！」

「そんなわけにいかないんだって。君、子供なんだから」

「やだっていってるじゃないですか！」

「ほんと？　それなら、君のその声使って、私たちに言うこと聞かせてみる？」

るなが黙った。

「……しませんよ、そんなこと」

「いいの？　しなくて」

「しないって約束しましたから。紙越さんと！」

るながむくれた顔で言って、乱暴に腰を下ろした。

「そっかそっか。うん、これなら引き受けてもいいよ、汀くん」

「助かります」

「正直なところ八：二で断るつもりだったんだけど、潤巳くん思ってたよりいい子だったからね。特別手当ももらえるみたいだし」

「……え？　断るつもりだったって言いました、いま？」

るなが訊き返すと、辻はあっさり頷いた。

「うん、だって君のことよく知らないし。でも今のでちょっとわかったよ」

「何がわかったって言うんですか」

「君には人との約束を守ろうという意思があるってこと」

「……それだけですか？」

「意思が一番大事なのよ。あとは体力。というわけで……これからよろしくね、潤巳くん！」

るなは辻のにこやかな顔を見上げてしばらく無言だった。

ようやく口を開いたかと思ったら一言、

「私、あなたのこと嫌いかもしれないです」

「よく言われるんだよね～」

るなの処遇は、今の会話で決定したようだった。展開が早くてびっくりするけど、そういうことなら私が口を挟む話でもない。

「では、辻さんもお掛けになってください。いま例のキャンプについて話していたところです」

「ああ、トーチライトさんの？　紙越くんと仁科くんがいるなら、私行かなくていいんじゃない？」

「ご冗談を。辻さんは防衛手段策定の要(かなめ)です」

「暑いし虫多そうでやだな～」

「潤巳さん曰く、むしろ涼しいそうですよ」

「虫は？」

「潤巳さん、いかがですか？」

水を向けられたるなが、仏頂面で言った。

「虫だらけだから行かない方がいいですよ。ていうか虫しかいないです。テントとか張ったら全部虫で埋まります。来ないでください」

「やだな〜。蚊取り線香で足りるかな〜」

辻は飄々として受け流す。私にもなんとなくわかってきた。るなの勢いをいなすには、これくらいじゃないとだめなのかもしれない。そう考えると確かに、こいつの身元引受人には適任かも。小桜は真面目だから、あっという間に胃を痛めてくたばりそうだ。

「辻さん……は、何をするの？　そのキャンプで」

鳥子が訊いた。人見知りの鳥子にしては偉業といえる。

「何するんだろうね。汀くん？」

「はい。先ほど少しお話ししましたが、〈Tさん〉の件の後、DS研防衛の相談でお声がけしたのが辻さんです。辻さんはそちら方面の専門家でいらっしゃいますので」

「専門家って？」

「いわゆる専門用語で言うところの〝霊的防御〟ってやつだね」

辻が説明を引き取って言った。

「みんな大好き、心霊的自己防衛。ダイアン・フォーチュン先生言うところのね。あ、言ったっけ？　私、魔術師なの」

「魔術師……」

「そそ。実践的な方のね。綴りの最後にKが付くＭａｇｉｃｋ」

鳥子が救いを求めるように私の方を見た。私もよく理解していないので、首を振るしかない。

「……大丈夫なんですか、この人？」

るながは辻から身を遠ざけながら、胡散臭そうに言った。さすがに同情してしまう。これから同居するかもしれない相手が魔術師を名乗り始めたら、誰だってそうなるだろう。

「えーと……つまり、辻さんは、いわゆるオカルト的な手段でDS研を防衛しようとしてるってことですか」

仕方なく訊ねると、辻は我が意を得たりという感じで私を指差した。

「そんな感じ。紙越くんは察しがいいね」

「あんまり効くと思えないんですけど、そういうの」

誉められている気がしない。

「あ、ほんと？」

「裏世界の存在は、ネットロアや実話怪談の文脈に乗ってアプローチしてきます。そういう怪談はもともと、既存の幽霊や妖怪のイメージから遠くて、お経や除霊なんかの伝統宗教とは嚙み合わないことが多いんですよね。辻さんの言う魔術は、宗教とはまた違うのかもしれませんけど、既存のオカルトの文脈だったらやっぱり通じないんじゃないかな、と……」

　私の言葉を、辻は怒るでもなく聞いていた。

「どうだろね～、わかんないね」

「わかんない？」

「それを含めて実験できるといいなと思ってる。トーチライトの人たちが実験台になってくれるっていうし、こんな機会めったにないからね」

「こわ……。私を実験台にしないでくださいよ」

　不審顔のるなに向かって、辻が大げさに目を丸くしてみせた。

「なーに言ってんの、潤巳くん、君は実験台じゃなくて、する方だよ」

「はい？」

　汀が補足するように口を挟む。

「そうですね。潤巳さんには、訓練のアシスタントとしての役割を期待しています」

「なんですか、アシスタントって」

「君のその声を使えば、何か面白いことが起きるんじゃないかなって。だからどっちかというと君は加害者になる側」

「えぇー……」

るなの口から心底嫌そうな声が出た。

「じゃあ汀さん、この四人でトーチライトの人たちを訓練するってことですか？」

私が訊くと、汀は頷いた。

「その通りです。紙越さんの目と仁科さんの手、潤巳さんの声を使っていただいて、訓練環境を作成します。特殊部隊が突入訓練をする訓練施設をキルハウスと言いますが、その対UBL戦バージョンですね。辻さんには潤巳さんの保護者としての役割と、ご自身の魔術的スキルを用いての実験、アドバイス等をお願いします」

「おーけーおーけー。潤巳くん、わかった？」

「わかりましたよ。要するにお化け屋敷を作ればいいんでしょ？　それだったら得意です、ファンクラブ時代にさんざんやりましたから。多分、私の声とかあんまり関係ないですよ」

むくれているだけかと思ったら、意外としっかりした返事が返ってきて驚いた。るなは自分の理解できる範囲であれば攻撃的にならずに話せるのかもしれない。

私は手を挙げて言った。

「一個だけいいですか。条件というか、確認なんですけど」

「どうぞ」

「この訓練の目的は、あくまで表の世界での行動が前提ということで間違いないですか。つまり、裏世界で戦うとかじゃなくて、裏世界の存在が表のDS研を襲ってきたときに備えて、それに対応できる体制を作るのが目的、と理解して大丈夫ですか？」

私と鳥子以外の誰かが裏世界に入る手助けをする気はない。裏世界は私たちだけの秘密の場所だ。あの場所の恐ろしさを、底知れなさを、充分に思い知った今も、その原則を曲げるつもりは一切ない。

「ご安心ください。UBLに直接乗り込むことは考えていません」

「オーケーです。鳥子もいい？」

「オーケイ」

鳥子も頷いたので、全員の合意が取れた形になった。

「訓練計画の作成にあたって、トーチライトの笹塚社長同席で何度かミーティングをすることになるかと思います。日程の調整は後ほどご連絡いたします。皆様本日はご足労いただきまして、ありがとうございました」

汀がそう言って締めたのでお開きになった。ラーメンを食べに行きたがっていたはずのるなは、辻が保護者になったので萎(な)えたのか、何も言わずに部屋に戻っていった。未成年の考えることはよくわからない。

私と鳥子はるなのせいですっかりラーメンの口になっていたので、二人でラーメンを食べて帰った。

3

キャンプが始まるまで時間がなかったので、打ち合わせ続きで慌ただしく時間が過ぎていった。すべては私の大学の夏休みが短いのが悪い。準備期間は休み前の試験ともろに被っていて、正直しんどかった。鳥子はもう一足先に休みなのだ。憎い。オンライン会議の窓の向こう、くつろいだ格好でアイスを食べている鳥子を見ながら、私は何度も歯ぎしりすることになった。そのくせ鳥子は家の中なのにオンライン会議にしっかりメイクをしてくるし、毎回服を替えて出てくる。なんだこいつと思った。

どうにかこうにか凌(しの)ぎきって、私も遅れて夏休みに到達した。気を抜く暇もなく、初日からキャンプに出発だ。荷物を背負って家を出て、朝からクソ暑い東京の街を泳ぐようにして溜池山王(ためいけさんのう)に辿り着いた。ＤＳ研の地下駐車場に降りていくと、いつになく人でいっぱいだった。

「おはようございまーす……」

「おはようございます、紙越さん。本日はよろしくお願いいたします」

今日も丁寧な汀は、上着を脱いで、グレーのTシャツにカーゴパンツという格好で出発前の作業に追われていた。スーツではない姿を初めて見た気がする。半袖なので、両腕にびっしり彫られたマヤ文字が丸見えだ。いつもならめちゃめちゃ目立つところだけど、今日に限ってはそうでもなかった。駐車場にはトーチライトのオペレーターが十数人いて、ほとんど全員どこかに入れ墨を入れていたからだ。

「おはよう、空魚」

人を掻き分けて、鳥子が近づいてきた。アウトドアパーカーを脱いで腰に巻き付けている。二人揃って、集団からちょっと離れた柱の根元に荷物を置いた。

「みんなタトゥー凄いね」

ぐるりと周りを見回しながら鳥子が言った。思うところは同じだったようだ。

「凄いよね。軍人さんってみんなこんな感じなの？」

「わりとそうかも。ママもあちこち彫ってたし」

「そういう文化なのかな」

「文化もあるし、戦場で身体がバラバラになっても誰だかわかるように、みたいな理由で入れてることもあるみたい」

「バラバラ……」

想像もしなかった凄絶な理由にビビっていると、鳥子が顔を寄せてきた。

「私たちも入れてみる？」

「前もそんなこと言ってたよね」

「カナダだと入れてる人すごく多いから、私はあんまり抵抗ないんだけど。空魚は嫌？」

「日本だとイメージ悪いからなあ。痛そうだし」

「ちっちゃいやつなら大丈夫じゃない？」

「鳥子は抵抗ないならなんで入れてないの？」

「うちの方針。お母さんが、成人するまではやめとけって。後で後悔するかもしれないから」

「なるほどね」

「で、どう？」

「うーん……保留で」

「保留かあ」

鳥子が残念そうなので、私は補足する。

「タトゥー入れてる自分を想像してもピンと来ないんだよね。自分で自分に持ってるイメージと違いすぎて」

「そうかなあ、かわいいと思うけど」

「それに……私が入れたら鳥子も入れるんでしょ」

「うん」

「鳥子のきれいな肌にタトゥーが入るのがいいことなのかわかんない。似合うだろうとは思うけど」

「そっ……」

一瞬、鳥子は大声を出そうとしたみたいだったけど、きゅっと唇を結んで、落ち着こうとするかのように一度息を吐いてから、押し殺した声で言い直した。

「そういうことは……二人だけのときに言ってくれない⁉」

「なんでよ？」

「空魚が悪いの、そういうところなのよ」

何を怒られてるのか全然わからん。困惑する私をよそに、鳥子は手で自分をパタパタ扇いでいる。

……いや、ちょっとわかったかもしれない。鳥子、こっちが想定しているよりセンシティブなイメージで私の言葉を受け取ってる気がするな。

勝手に想像して勝手にうろたえてんじゃないよ。まじめにやってほしい。

エレベーターが開いて、るなと辻が降りてきた。

「おはよ〜、お二人くん」

二人セットでくん付けされると思わなかった。

「昨日まで試験だったんでしょ？　大変だったね」

「や、試験は一昨日までだったんですけど。補講が……」

「補講！　いいね、青春って感じ。大学生だねえ」

「紙越さん。辻さんってなんか言動がオジサンくさいと思いませんか」

るながむっつりと言った。

「ほんと〜？　よく言われるんだよね」

「じゃあ本当にオジサンなのかもしれないですね。私オジサンと一緒に住みたくないんですけど」

「私はルナチャンと住めて嬉しいナ！」

「助けてください。なんらかのハラスメントだと思うんですよ、これ」

口ではそう言いながらも、るなは前に見たときよりも生き生きしているように見える。

友達がいないるなには、遠慮なく文句を言える相手が必要だったのかもしれない——というのは、都合の良すぎる解釈だろうか。辻が意識してやっているのかはわからないし、そこまで考えていないようにも思えるけれど。

ただ、やっぱり私には、るなが求めているような距離感の関係を提供することはできそうにない。鳥子もるなには心を許していないし、一度洗脳されかけた小桜は言うまでもないだろう。そう考えるとかわいそうではある。

……甘いかな。

いずれにしても、しばらくは辻のウザ絡みで人間性をリハビリしてもらうしかないだろう。私がるなじゃなくて本当によかった。

「おはようございます、紙越さん！」

次はトーチライトの笹塚社長が挨拶に来た。みんな順番に私のところに来るので戸惑ってしまう……いや、戸惑ってる場合じゃなくて、本来こっちから挨拶しに行くべきだったのでは？　なんで到着してからずっとぼーっと立ってたんだ私は？

自分の社会的スキルのなさを朝っぱらから思い知っている私に、笹塚は歯切れのいい口調で言った。

「お忙しいところ、諸々ありがとうございます。改めまして、本日からよろしくお願いいいたします！」

「あ、はい、よろしくお願いします」

体育会系の勢いに圧されながらも、かろうじて頭を下げ返した。

「皆さん準備は……」

「はい、もう出発できます。いつでもゲートを開けていただいて構いません！」

「わかりました」

トーチライトのオペレーターは、笹塚を含めて十六人。汀、辻、るな、それに鳥子と私を加えて、総勢二十一人だ。

出発の号令が掛かり、資材を積んだトラックとワゴン車のエンジンが掛かる。各車の運転手以外は徒歩だ。居並ぶ男女の前に、鳥子と二人で進み出る。ゲートが開く位置は、駐車場の床にマーキングされている。

「じゃ、開けるよ」

「オーケー、お願い」

鳥子が左手を伸ばして、空中を摑んだ。右目の視界の中、銀色の靄（もや）が歪む。鳥子が手を大きく横に振ると、カーテンを開けるように、ゲートが開通した。にわかに巻き起こった風が、髪を乱しながらゲートの中へと吹き込んでいく。

おお……という声が背後から上がった。何度か見たことがある人も多いはずだけど、そう簡単に見慣れるものでもないだろう。私でさえ、毎回新鮮な驚きを覚えるのだ。

「出発！」

笹塚の号令で、オペレーターたちが歩き出す。大きな荷物を持った軍人の隊列が銀色の靄の中に消えていくのを見ているうちに、昔読んだ話を思い出した。たしか第一次大戦中だったか、どこかの国の部隊がまるまる、丘に低くかかった雲の中に行進していって、そのまま行方不明になった……という目撃談だ。異世界に行ってしまう系の怪談を調べていた流れで知ったと思う。

古い話でもあるし、信憑性は疑わしいけど、頭に浮かんだ情景の物寂しさが印象的で、昔から好きな怪談のひとつだ。その部隊の兵士たちはどこへ行ったのだろう、いつまで歩き続けたのだろう……と、何度も考えたものだった。

そんな私も今ではこうして、兵隊さんを神隠しする仕事をしています。

ゲートの向こうで、誘導役のオペレーターがこちらに合図をした。待機していた車列がゆっくり進んで、一台ずつゲートを越えていく。トーチライトのもう一つの顔、〈ともしび工務店〉のロゴが付いた、ワゴン車二台とトラック二台。すべての車輛が通過して、ようやく私たちの番が来た。

「では、行きましょうか」

汀が言って、ゲートをくぐった。辻と、るなも。最後に私たち二人が通過して、鳥子が手を開く。こじ開けられていた空間が波打って戻り、全員の移動が完了した。

〈地下のまる穴〉が設置されたこちらの地下室は、DS研の駐車場よりも薄暗くて、ひんやりしていた。

「あー。あーあー」

るなが両耳に手をやって、マイクテストみたいな声を上げている。

「どうかした？」

「ここ通ると耳ボワーってなりません？　エレベーターみたいな」

「ああ、なるなる。気圧差あるもんね、ここ山だもん」

「そんなに違うんですか？」

「だってDS研のある溜池山王なんて、地名からして標高低そうじゃん」

「そうなの？」

と訊いたのは、るなではなく鳥子だった。

「溜池って言うからには昔はおっきい池があったんだと思う。東京の中でも、かなり海抜低い方じゃないかな、調べてないけど」

東京都心と埼玉の山中、標高差はどのくらいだろう。数十メートル？　百メートル以上あってもおかしくない。もう慣れてしまって意識していなかったけど、確かに毎回耳が詰まる感じがする。今さらながら、ゲート通過を短期間に繰り返すと身体にはよくないかもしれない。気圧変化に弱い人は覿面に体調を崩しそうだ。

地下室の一方の壁からは、スロープが上に延びている。最近完成したばかりの、地上へ続く搬入路だ。これができたことでようやく、〈まる穴〉を通した車輛や資材の搬入が可能になったのだ。

もともとるなのカルトがやりかけて放置していたところに手を加えたからまだよかったものの、そうでなければ場所も狭いし搬入できる機材も限られて、かなり難しい工事だったはずだ。故障して放置されていたパワーショベルを修理してトンネルを開通させたと聞いている。

車輛が順番にスロープを上がっていく。私たちもその後に続いた。

真新しいコンクリートを踏みしめて、全開になったシャッターを抜ける。地上に出ると一気に夏山の空気が押し寄せてきた。

「……涼しいって言ってなかったっけ、るな」

「日向は暑いですよ。当たり前じゃないですか、夏なんだから」

るなは一人だけ充電式の手持ち扇風機を持ってきていた。私にも鳥子にも、そういうものを持ってくる発想がなかった。

「それ効果あるの？」

「ないより全然いいですけど。早く日陰に入りません？」

言われるまでもない。私たちは建物の裏側にある搬入路の出口から、車列の後を追って、表側に向かった。〈牧場〉の敷地には三つの建物がある。正面に「居住棟」、右側の「工場」、左側が「牛舎」。真ん中の広場を囲んで、コの字型に建てられている。

いま出てきた、地下に〈まる穴〉がある建物が牛舎。居住棟は三階建てで、学校の校舎のように部屋が並んでいる。名前に反して人の住めるような場所ではなく、裏世界のあちこちに続くゲートがたくさんある。工場はかつて実際に何かの作業に使われていたようで、壊れた工作機械が放置されている。

中央の広場は、田舎の駐車場で見たことがあるような、細かい砂利が薄ーく撒(ま)かれただけの地面だ。カチカチに固い土を割って、いたるところに雑草が生えている。車列はそこに止まっていて、運んできた資材の荷下ろしが始まるところだった。

指揮を執っている笹塚が振り返って、近づく私たちに言った。

「日陰にいてくださって大丈夫ですよ」

「はーい」

と勝手に返事をして、るなが工場の方へすたすた歩いていく。

「え……でも、いいんですか」

「はい、設営は我々の仕事ですので。大きな資材を取り回すことになりますし、すみませんがしばらく安全な場所にいていただけたほうが」

「自分たちのテントは自分で建てますけど、いいですよね？」

「それはもちろん。こちらが落ち着いたらお声がけします」

確かに私じゃたいした力仕事はできないかもしれないけど、お客様扱いされるのは面白くない。名目上も、実際も、ここは私の縄張りなのだ。

と若干不機嫌になって、るなを追って歩き出す私の顔を、鳥子が横からニヤニヤしながら覗き込んできた。

「な、なに？」

鳥子は私を指差して一言、

「戦国武将」

うるさいな。

工場の中に入ると、今までの熱気が嘘のようにふっと消えた。心なしか、外の音さえも遠く感じる。振り返ると、扉も何もない大きな戸口の向こうに、夏の屋外の光景が切り取られたように見えていた。たいした距離でもないし、音を遮るものもないのに、まるで別の世界のようだ。

「ほんとに涼しい……」

鳥子が上げた声が、高い天井に反響する。

建物内部は絵に描いたような廃工場だ。放置された機械や工具は錆に覆われているし、壁や天井に塗られていた塗料は元の色がわからないくらい褪色して、乾燥しきった皮膚のようにひび割れている。窓もほとんどが割れて、植物の侵入を許していた。

「よくないですか、ここ。廃墟写真集とか作りたい感じですよね」

るながら周りを見ながら言った。

「最初からこうだったの？」

「はい。一目で気に入っちゃって。いずれ実写PVとか作りたいなって思ってました」

「PV？　なんのPV？」

「私の歌ってみた動画とかですかね」

訊くんじゃなかった。

〈牧場〉を手に入れて以降、私たちが出入りしているのはゲートのある居住棟だけだったから、こっちの建物に入ったのは久しぶりだ。勝手知ったる自分の根城、るなはどんどん一人で先に行く。保護者は何してるんだと思って見ると、辻は腕を組んであたりを見回しているだけだ。

「あれ、好きにさせといていいんですか」

「ん？　ああ、そうか」

言われて気付いたみたいに、辻がるなを呼んだ。

「潤巳くん、あんまり遠く行くと迷子になっちゃうよ」

「はあ～？　子供じゃないんですよ。てかここ実質私の家みたいなもんですからね」

苛立った返事が返ってきた。

「だってさ」

「だってさ、って……」

大丈夫かこの人、とつい思ってしまったけど、辻は何か別のことに気を取られているようだった。あちこちに目を向けて、一人で考え込んでいる。

「どうかしました？」

「紙越くん、君っていわゆる霊感とかある人だっけ」

水を向けてみると、変なことを訊かれた。

「いえ、全然」

「仁科くんは？　見える人？」

鳥子も首を横に振る。私たち二人とも、いたって普通の感覚しか持ち合わせていない。右目と左手という特大の異常を除けば。

「それがどうかしたんですか？」

「うん……私はね、そういう感覚まぁまぁあるんだけど——紙越くんは幽霊って信じる派？」

「いえ、全然」

そう答えると、辻が面白がるような目で私を見た。

「さんざん怪奇現象に遭ってるのに幽霊は信じないんだ？」

「信じる信じない以前に、興味がないです」

「あ、そうなの！　理由訊いてもいい？」

「幽霊って結局のところ人間じゃないですか。人間が死んで幽霊になったところでやることなんか知れてますし、つまんないので」

「はー、なるほどね。ハードコアだねえ、紙越くん」

ひとしきり感心してから、辻は話を戻した。

「あのねえ、こっちの業界ってね、人によって見るもんも感じるもんも結構違うのよ。自分の感覚を霊感とか霊能力とか言ってる人も、話を聞いてみると全然違うものを見てることが普通にある。ただ、そういう人はみんな、変な場所に行ったら、それぞれの感覚で変だなとは思うのよ。表現はいろいろだけど、何かあるなってことくらいはわかるわけ」

「はあ。ここはどうなんですか？」

「わからない」

「わからない？」

「何かすごく……変なんだろうなって気はするんだ。でも、気がするだけ。〈牧場〉に来てからずっと、間違った場所に来ちゃった感じがしてるのに、どこが変なのかは全然わからない」

辻は少しの間黙ってから、半笑いでまた口を開いた。

「もう一つ、こっちの業界でよく言われるのが、見えないのが一番怖いってやつなんだけどね。霊感があって、何か見えてもいいはずなのに、見えない。ただ気配というか、予感だけがある。なのに見えない。このパターンはマジでヤバい」

辻はへらへら笑いながら続けた。

「――で、そのマジヤバなパターンが、今のこれって気がするんだよね」

「わー……」

私は鳥子と顔を見合わせる。

何か見える？　という鳥子の無言の問いに、私は首を振る。

「それは……何がどうヤバいんですか？」

「目にも耳にも、受け取ることのできる情報の限界があるよね。目なら光の周波数、耳なら音の周波数で、下はここから、上はここまでっていう、知覚できる範囲が決まってる。いわゆる霊感にもそういう閾値（しきいち）があるとしたら、その外側の情報は感知できない」

「てことは……」

「そう、今ここで、どんな恐ろしいことが起こっていても、それが私の閾値の外だったら知る術（すべ）はない。よくさ、自分に霊能力があるって油断して死ぬ人がいるんだけど、多分そういうことだと思うんだよね」

私の目を躊躇いなく覗き込みながら辻は続けた。

「紙越くんなら何か見えるのかなって思ったけど、そういうわけでもない？」

「そうですね、特に何も……。でも、私たち何度もここに来てますけど、基本的になんともないですよ？」

「そっか、じゃあ大丈夫か！」

辻が空々しく笑う。

「私の思い過ごしかもしれないしね。閾値の外で何か起こってたとしても、こっちに影響ないってことも全然ありそうだし」

「まあ、はい」

「よし、おけおけ。じゃあ元気出して行こうか！」

辻はいつもの調子に戻って、おーい、潤巳くん、と呼びかけながら工場の奥へと歩いていった。

「……空魚、どう思う？」

鳥子が小声で話しかけてくる。

「うーん。なんとも言えないね、特に何も異常は感じられないし」

「あの人、ほんとにそういう霊能力みたいなのあるの？　魔術師とか言ってたけど」

「どこまでまともに取り合うべきかわかんないけど、私の目に耐えたよ」

「え？」

「狂わせるつもりで右目で見ても平然としてた。本人曰く、自前の邪視が使えるんだって」

「なんでそんなことしてるの？　いつの間に？」

「成り行きで……。向こうから仕掛けてきたんだよ」

呆れたように言われて、つい言い訳っぽくなってしまう。

「それはいいとして。鳥子も何も異常感じないよね？」

「ちょっと変だなって感じはなくもない」

「え、ほんと？　どんな風に？」

意外な言葉に驚く私に、鳥子は困惑したような面持ちで続けた。

「この場所がどうこうじゃなくて……ＤＳ研でも感じたんだよね。あの辻って人が近くにいると、たまに左手に何かが触れる気がするの」

「何かって？」

「わかんない。紙か布が触れたような感触のときもあれば、人が通ったような気配を感じるときもある。ただ、すごく微妙だし、一瞬だから気のせいかも」

「ふーん……？」

工場の奥から、辻の驚く声が聞こえてきた。

「えっ、水出るのここ!?」

「水くらい出ますよ。舐めないでください。ちゃんと飲めますし」

なぜか自慢げなるなの声。おまえが出した水じゃないだろ。

声がした方へ歩いていくと、二人は簡素な流し台のある部屋にいた。工場が稼働していたころは休憩室か何かだったのだろうか。るなのカルトが居住空間として使っていたらしく、今も長机とパイプ椅子が雑然と置かれていて、ペットボトルや弁当の空き容器が放置されたままだ。

「紙越くん、水道引いてるんだね、この建物」

「そうなんですよ。電気もガスも生きてます」

もともと廃墟だし、実際には壊れた設備がほとんどだけど、最低限のライフラインは使用できる。るなのカルトが使っていたものを、施設の接収後もそのまま維持することにしたのだ。工事をすることを考えると、少なくとも電気は必要だったし、作業員の利便性を考えるとガスと水道も切れなかった。今はDS研が料金を支払ってくれている。

「廃墟だと思ったら、住めるじゃん。びっくりしちゃった」

「なるべく快適にするために頑張りましたからね」

「頑張ったのはあんたに洗脳された人たちでしょ」

こちらの建物には足を踏み入れていなかったので、前に見たときと様子がほとんど変わっていない。つまり私と小桜が拉致(らち)された後、汀やトーチライトと一緒に施設内を確認しに来たとき以来だ。あれから何ヵ月も経っているのに、ついさっき人が出ていったばかりという感じに雑然としていて気持ちが悪い。いくら涼しくて電気ガス水道が使えても、長居したい雰囲気ではなかった。

るなが〈牧場〉を訪れるのは、事件以降ではこれが初めてのはずだ。さすがに何か感じるところがあるんじゃないかと思って、るなの顔を覗き込んでみた。

「……なんですか？」

「……別に」

るなはただ訝しげに私を見返すだけで、何を考えているのかはわからなかった。私の人間観察力が足りていないだけかもしれない。

「ねえ、潤巳くん。なんでこんな場所を作ろうって思いついたの？」

辻が訊ねる。

「なんでですかね。気付いたら作ってました。冴月さまを呼ぶためには、そういうのが必要かと思って」

るながそっけなく答えた。〝冴月さま〟の名前が出てきて、隣にいる鳥子が一瞬身を固くしたのがわかった。

「ふうん。その発想はどこから来たの？」

「どこからって、どういう意味ですか？」

「君が自分で思いついた？　それとも誰かに言われた？」

「それは……ええと……どうだったかな……」

あやふやな口調。顔を見てぎょっとした。目の焦点が合っていない。どこを見ているかわからない、呆けた表情をしていた。

「るな？」

「……はい？」

るなは何度か瞬きをして、怪訝な面持ちで首を傾げる。

「あれ？　なんでだろ、思い出せないな……」

自分で始めたことでも、きっかけを思い出せないというのはあり得ると思う。でも、今の表情はおかしかった。改めて考えると、いくら洗脳した配下を使えるとしても、人里離れた山中に大きな建物を確保して、怪談のシチュエーションをいくつも再現するというのは、一人の高校生のアイデアにしては規模が大きすぎるように思う。

……いや、わからないけど。私の器がるなより小さくて、思いつかなかっただけかもしれない。にしてもやっぱり、ちょっと変な感じはする。

「こんなこと言うと、責任逃れだと思われそうで嫌なんですけど――」

るなが躊躇うような口調で言った。

「――ほんとに憶えてないかもです。この場所も、建物も、気付いたら用意されてたみたいな……そんなわけないですよね。多分、冴月さまのことで頭がいっぱいだったから、ファンの子たちが自発的に用意してくれたんだと思います」

るなの〈声〉で洗脳された人たちは、るながいちいち命令しなくても、先回りするかのように、るなの意を汲んで動いていた。それを考えると、確かにあり得るかもしれない。とはいえそれにしても、違和感は残る。いくらなんでも、そんな統率の取れた組織的な動きをするだろうか？　他に黒幕がいると考えた方がまだ納得できる。

「念のため訊くけど……今さらだけど、るなの上に誰かいたとか、そういうことはないんだよね？」

「誰かに命令されてたかって意味なら、誰もいないです。もちろん、冴月さまは例外ですけど。でも冴月さまはいちいち指示をするとかそういうのじゃなくて、私だけの神さまでしたし」

「洗脳した人の中に指導力がある人がいたってことは？」

「うーん、いろいろ任せて安心な人はいましたけど、そんなに深い考えがある人はいなかったと思います」

自分の信者の誰よりも幼かったはずのるなが、そんなことを平然と言う。深い考えができないようにしたのはおまえじゃないのか？

「ファンクラブ内でもめ事が起こるの嫌だったので、その辺はちゃんと言いました。仲良くしてね、ファン同士で優劣つけたり、勝手なことしちゃダメだよって」

「どうにでも解釈できそうな言い方だけど」

「でもみんな言うこと聞いてくれましたよ。というか、みんな私にしか興味ないから、他人がどうしてようが関係ないって感じでした」

そんなにうまくいくものだろうか。私を撃ち殺そうとしたあの信者の男だって、強い嫉妬や打算の感情を露わにしていた。るなの前ではお利口にしていたのかもしれないけど、実際のところはどうだったか……。

「私のファンクラブ、どうやって作ったか話しましたっけ」

「聞いてないと思う」

「怪談なんですよ」

「ん？」

「あの人たち、最初は私の配信のリスナーだったんです。役所の人とか、銃を手に入れられる人とか、あとから必要に応じてファンになってもらった人もいますけど。でもほとんどは、リスナーさんでした」

「たまたま配信聞いてたら洗脳されたってこと？　気の毒すぎるでしょ」

鳥子が当然の感想を洩らす。

「それは悪かったですけど、たまたまかどうかは関係ないですよ。私だってたまたまこういう人生になったんですから。たまたま親が宗教で、たまたま冴月さまの声に出逢って、たまたまDS研に捕まって。みんなそうじゃないんですか」

抗弁するようにも、諦めたようにも思える口調だった。意味ありげに私を見やって、るなが続ける。

「紙越さんも、怪談好きなんですよね」

「それが何か？」

「運命がちょっとでも違ったら、紙越さんが私の配信を聞いていたかもしれないですよね。私の〈声〉を」

「…………」

「そしたらきっと、紙越さんも私のファンになってくれてた――そう考えると不思議な気持ちになりません？」

「どっちがよかった？」

「え？」

「ファンになってほしかった？　それとも今の方がよかった？」

「…………」

　るなが答えなかったので、私は続けた。

「私を拉致ったとき、言ってたよね。友達になりたいって」

「言いましたね。……憶えてたんですか」

「私は文字で書かれた怪談ばっかり読んでたから、配信系の怪談には疎(うと)いんだけど、そっちを掘ってたら、どこかでるなの配信を聞いてた可能性はあるかも。そしたらきっと、一瞬でやられてただろうね。〈ルナ様〉を崇拝して、〈牧場〉に集まって。もしそうだとしたら、私は拉致されなかったし、鳥子が助けにも来なかった。るなはどうしたかな。小桜を攫(さら)ってノートの存在を知って、DS研にカチコミして、あんたの言う〈ブルーワールド〉に行けたかもね。その後どうなったかは、まあ、わからないけど」

　るなの顔の傷や、母親の最期に言及するのはさすがに良心が咎(とが)めたので、少しだけ言葉を濁(にご)した。

「どっちにしてもその場合は、あんたが友達になりたいって言ったこの私はいなかった。あんたの言うことをハイハイってなんでも聞いてくれる操り人形の私はいたかもしれないけどね。——るなはそれがよかった？」

しばらくあっけにとられたようにこちらを見つめてから、るなは唇をきっと結んで、私を睨みつけた。

「意地悪ですよね、紙越さんって！」

捨て台詞のようにそう言って、足音も荒く部屋を出て行ってしまった。

自分から挑発しといて、何を怒ってるんだか——そう思っていると、鳥子に肘でつつかれた。咎めるような目で見られて、私は言い返す。

「向こうが先にケンカ売ってきたんだからしょうがないじゃん」

「ケンカとかじゃなくてさ……」

「？」

鳥子の渋い顔に戸惑っていると、辻が面白がるように言った。

「口説いてんのかと思ったよ、あの子のこと」

「……は？」

「仁科くん、この子さあ、天然の人たらしなとこあるよね」

「ある……！」

鳥子の短い返事には深い実感が込められていた。

「大変だね～。よかったら今度話そうか？　いろいろ……」

「うん……考えとく」

人見知りのはずの鳥子がまんざらでもない返事をしたので、私はいよいよわけがわからなくなる。動揺している間に、辻はるなを追って部屋から出て行った。

「鳥子、辻さんといつの間にそんな仲良くなってたの？」

「別になってないよ。空魚と一緒に打ち合わせで話しただけだし」

「だって、今なんかわかり合ってた感じだったじゃん」

「ああ……」

なんとも言えない顔をして、鳥子は私を見下ろした。

「空魚の周りにいる人って、仲良くなりやすいのかも」

「な、なんで？」

「連帯感というか、愚痴の言い合いというか……」

「私の悪口で盛り上がんないでくれない⁉」

「悪口じゃないよ。愚痴」

「意味わかんない！」

大いに気分を害している私の顔を両手で挟んで、鳥子が頬を揉み始める。

「ちょっと！　やめ……」

「愚痴も言いたくなるでしょ、目の前で他の女落とし始めたら」

「何がどう口説いてたのかわからん！　私の話聞いてた⁉」

「じゃあ、説明するね」

「は、はい？」

にこりともせずに鳥子が続ける。

「るなはさ、空魚に、おまえなんか私の配信聞いてたらファンの一人に過ぎなかったんだぞって挑発したわけじゃん」

「挑発だったよね、それはわかるよ」

「それに対して空魚は、そんな従順な私で満足できるのか、おまえが望んでるのは、おまえには決して従うことのないこの私じゃないのかって迫ったわけ。真顔でそんなこと言われたらもう負けなのよ。それは逃げ出すしかないでしょ」

「……そんな高度なコミュニケーションが私にできると思ってるの？」

「無自覚だから困るの」

私は頬を揉む手を摑んで下ろさせながら、鳥子に向かって静かに言った。

「あのね、どうかしてると思う」

「ううん、そんなこと――」

「鳥子、相手高校生だよ？」

「それは……そう」

しぶしぶという体で鳥子が認めた。はーっとため息をついて。

「ああいうときの空魚って、かっこいいからたちが悪いのよね……」

この褒め言葉を喜ぶべきかどうか、もう私にはわからなくなっていた。

「私、人間同士のコミュニケーションって本当に嫌いかもしれない」

そう私が呻いたところで、部屋の外から辻の声が聞こえてきた。

「紙越くん！　設営終わったみたいだよ、呼ばれてる」

「あ、はい！」

行こうか、と振り返ったところで、鳥子に抱き留められて、なんだよと言う前にキスされた。数秒で私を解放した鳥子は、これくらいで勘弁してやるとでも言いたげな目をして、無言のまま颯爽と部屋から出て行った。

口を拭って私はため息をつく。

隙さえあればちゅっちゅこちゅっちゅこ、ほんとにもう、なんなんだあいつは。

4

工場から表に出て行くと、広場の様子はだいぶ変わっていた。コの字の空いた側に天幕がいくつも建てられていて、その下にテーブルや椅子、組み立て式の棚が並べられている。屋外イベントの本部という雰囲気で、大型の発電機が回る音が響いていた。夜に備えてか、投光器も置かれている。まだ完全に準備が終わったわけではなさそうだけど、大きな荷物はひと通り下ろしたようだ。

トーチライトのオペレーターたちは、天幕から少し離れたところにテントを設置している最中だった。きさらぎ駅の米軍が使っていたようなコンパクトなテントではなく、アウトドアショップの展示でしか見たことのないような、多人数用の大きなテントだ。ここだけみれば、金と暇のある陽キャの集団が普通にキャンプに来たようにしか見えない。

私たちに気付いた笹塚が、天幕を離れてやってきた。

「お待たせしました。皆さんもご自分のテントを張っていただいて大丈夫ですので」

「わかりました。場所はその辺でいいですか？」

天幕を挟んでトーチライトのテント群と反対側を指すと、笹塚は頷いた。

車に積んでいた私たちの荷物を下ろして、敷地の際にテントを張った。私と鳥子の赤いテントと、今回のためにDS研が買った、るなと辻用のカーキのテント。るなも辻もキャンプ技術は皆無らしく、私と鳥子がペグを打つのをぼけっと眺めているだけだったけど、そっちの二人のテントは汀が来たので任せることにした。

「慣れてるんだね、キャンプ」

辻が感心したように言う。建てたテントに自分たちの寝袋やら何やらを放り込みながら私は答えた。

「そんなでもないです。裏世界で一回やったことがあるだけなんで」

「へえー、怖くなかった？」

「怖かったですよ」

テントを張るのは、初めて裏世界で夜を明かしたあのクリスマス以来だ。つまり、こっちの世界でのまともなキャンプはこれが初めてということになる。いや、〈山の牧場〉でのキャンプ、しかもこの大所帯を「まともなキャンプ」と言っていいかというと疑わしいけど。

とりあえずの準備を終えたので天幕に戻ると、部下と話していた笹塚が振り返った。

「紙越さん、牛舎の方はもうご覧になりました？」

「いえ、まだですけど」

「私もまだですので、打ち合わせを兼ねて下見に行きましょうか」

牛舎には笹塚と汀、私と鳥子の四人で向かった。

工場と同様、こちらの建物も、中に入ると急に涼しくなった。笹塚が振り返って言う。

「これはなんなんですかね。空気が違う……」

「向こうの建物もそうでした。でもこれ、建物のせいじゃないかもですね。外にいると日差しが強いから暑く感じるだけで、この〈牧場〉の敷地全体が涼しいのかもしれません」

「なるほど……。言われてみれば、今まで工事のために来たときも肌寒さは感じました。それが正しければ、日が落ちると一気に涼しくなりそうです」

「お二人に確認ですが、ゲートは全部閉じているんですよね？」

汀に訊かれて、私たちは頷く。

「居住棟のゲートは全部閉まってます。でも多分、この冷気はゲートから来てるような気はしますね」

「うん。開いてなくても、ゲートがあるだけで空気がおかしくなるんだと思う」

笹塚が呆れたように笑う。

「こんな場合でもなければ、到底近づきたくない場所ですね」

もちろん私も、こんな場合でなければ誰も入れたくはない。たとえどんなに恐ろしくても、私にとっては未知の世界への戸口が並ぶわくわくするような場所だし、私と鳥子が手に入れた、森の中の隠れ家なのだ。

とはいえその隠れ家の整備には大工さんの力を借りなければならないし、隠れ家を維持するお金を出してもらっている以上、スポンサーの意向を無碍にするわけにもいかない。すべてをご破算にして裏世界の住人になってしまうという選択肢は常にあるけど、選べるというだけで、選びたいとは思わない——少なくとも今は。

我ながら社会性が身についたなあと思う。

四人で牛舎の内部を見て歩く。工場に比べると、こちらの方がいくらか馴染みがある。〈まる穴〉はこの建物の地下にあって、そこから地上に出るまでには、建物内の面倒な経路を辿らなければばならなかったのだ。曲がりくねった廊下は狭くて薄暗いうえに、無駄な階段の上り下りを強いられるので、工事に来たオペレーターが痺れを切らして、途中の壁をぶち抜いて通用口を作ってくれた。それで多少はマシになったものの、地下室から直接出られる搬入路が完成するまで、DS研と〈牧場〉の行き来はかなり不便だった。

笹塚が電気のスイッチを入れると、壁や天井にぶら下げられたライトが点灯して、屋内が一気に明るくなった。同様の照明が通路にも張り巡らされているから、よく通る場所に限っては、真夜中でも牛舎の中の行き来に支障はない。とはいえほとんどの場所は使われていないし、照明もないから、不気味な建物であることには変わりがなかった。

「ここに訓練用のキルハウスを作らせてもらいたいのですが、どうでしょう、問題ありませんか？」

笹塚に言われて、辺りを見回す。木の柵で仕切られたコンクリートの囲いが並んでいる。建物名の由来になった、使用感のない牛舎だ。

「はい。こっちの建物は使う予定もないですし」

「ありがとうございます」

「工場の方は何かに使うの？」

鳥子が笹塚に訊ねた。

「今のところ予定はありませんが、もともと工場として作られた建物のようですから、将来的に工作機械を設置して活用することもできるかもしれませんね。そういう用途があればですが」

なるほど確かに……？　今すぐには思いつかないけど、考えてみてもよさそうだ。頭の片隅にメモしつつ、私は訊いた。

「キルハウスって、そんな簡単に作れるんですか？」

「今回の用途に限っては簡単です。実弾を使う場合は跳弾を防ぐ素材を用意しなければなりませんが、持ってきたのはトイガンですしね」

「あ、そうなんだ?」

意外そうな声を上げる鳥子に、笹塚が面白そうな視線を投げる。

「ええ、BB弾を使う電動ガンですよ。実銃なんてそうそう使えるわけがないですし」

「そうだよね……アハハ」

もちろん私たちが普段から実銃を持っていることを知った上で言っているのだ。民間軍事会社よりも日常的に違法行為をしている私たちを、笹塚はどう思っているのだろうか。

「事前の打ち合わせでは、潤巳さんの能力を訓練に活用するというお話になっていましたが、大丈夫そうでしたか?　お二人の目から見て」

汀に言われて考える。ちょっとケンカになったばかりなので気まずいが、今のところ安定しているように見えた。

「大丈夫だと思います。るなも自分で、このキャンプが卒業試験みたいなものだと言っていましたから、そういう認識はあるんじゃないでしょうか。少なくともこのキャンプの間はいい子にしてると思います」

「その後はどうだかわかんないけどね」

鳥子が不満げに付け加える。拉致された当人であるはずの私がるなに甘いのが、鳥子からしてみれば面白くないのだろう。

「辻さんとは上手くやってるんですかね」

「まあまあうまくやっているようですよ。今のところは」

「今のところは、ですか」

「まあ、もうひと揉めふた揉めするでしょう。それがずっと続くのかもしれません」

「なんか……達観してますね、汀さん」

私の言葉に、汀は微笑んだ。

「才能のある問題児を組織に受け容れるというのは、そういうことだと思っていますから」

DS研という異常な組織を長年運営してきた人間ならではの言葉かもしれない——と思いつつ、私はつい訊いてしまった。

「私もそのパターンですか？」

「ははは」

汀はおかしそうに笑った。

…………。

答えないんかい。

「この上の階にある資材は自由に使っていいんですね？」

笹塚が天井を指差して訊いた。

「はい、打ち合わせで言ったとおりに。資材っていうか、ガラクタですけどね」

「わかりました。うまくいくと思いますか？」

「どうでしょう。なんとかして、るなにやりかたを思い出してもらうしかないですね」

牛舎から出ると、肉の焼けるいい匂いが漂ってきた。匂いの元は一目でわかった。天幕の下に設置されたグリルでソーセージが焼かれている。一メートルくらいある大きなグリルで炭火が燃えていて、端から端まで並んだソーセージの脂がじゅうじゅう音を立てていた。

「あ、はひほひはん、ほえ」

口の中の肉を呑み込んでから、るなが言った。

「これメチャメチャおいしいですよ！」

「あ、そう？」

「お皿とお箸そっちにありますから！　食べて食べて！」

さっき揉めたのはすっかり忘れたみたいだった。

トーチライトの人たちはもうすっかりバーベキューのモードになっていて、缶ビールを開けて賑やかにやっている。こんなに日差しが強いのに、気にする様子もなさそうだ。むしろ肌を焼きたいのか、サングラスをしている以外は積極的に日向に出ている人が多い。

まごまごしているうちに紙皿と箸を渡されて、気付いたら焼きたてのソーセージを受け取っていた。鳥子と一緒に、天幕の下の日陰に逃げ込む。辻とるなもそこにいて、インドア派の集会の様相を呈していた。

「飲み物そこから取っていいって」

鳥子が指差す先には、巨大なクーラーボックス。氷水の中に缶ビールや炭酸飲料が何本も浮かんでいた。そういう鳥子の手には既にバドワイザーの缶がある。

「もう飲んでる」

「こんなの酔わないよ、水みたいなもんだし」

「鳥子は私よりお酒強いからそうだろうけど」

「空魚だって弱くはないでしょ」

迷ったけど誘惑に負けて、コロナビールの瓶を取ってしまった。

「はーい、かんぱーい」

るなが自分のコーラの缶を持ち上げたので、なんとなくみんなで乾杯した。何に対しての乾杯かはさておき。

るながソフトドリンクなのは当たり前だけど、辻もペットボトルのお茶だった。

「辻さんお酒苦手ですか？」

「いや、飲むよ。でも向精神作用のある薬物の摂取は目的がないときには控えるようにしてんの」

「お酒って薬物なんですか」

「そうだよ〜。しかもかなり有害な方だからね」

「目的があるときは摂取するの？」

鳥子が訊いた。

「するする。美味しいお酒で飲んで楽しくやるのだって立派な目的だよ。これでも今は仕事中のつもりだから、一応シラフでいた方がいいかなと思ってね」

「仕事中に飲んでる人、ここにいますけど」

るなが私と鳥子の方を見て言った。

「いいんじゃない。二人の能力はアルコールに左右されないんでしょ。私の場合はそうもいかないから」

「へえー。魔術師って大変なんですね」

「そうなんだよ～、大変なのよ、これでもね」

るなの揶揄(やゆ)するような言葉に、辻が大げさに答えた。

「トーチライトの人たちなんか何の躊躇(ちゅうちょ)もなく開けてましたね」

「あそこは外国の人が多いでしょ、ビールなんかほんとに水みたいなもんじゃない？　遺伝的に日本人はアルコールの分解が苦手だから、かなり感覚違うんだと思う」

「笹塚さんや汀さんはどうなんですかね」

その二人もトーチライトの男たちに混ざって一緒に飲んでいる。笹塚はもちろん自分のホームだからくつろいでいるのはわかるけど、汀も意外なほど溶け込んで見えた。

「わかんないけど、笹塚さんなんか結構努力してんじゃない？　ああいう仕事って男がほとんどだし、女で舐められないようにするの大変でしょ。酒が飲めないなんて口が裂けても言えなかったと思うよ」

「ああ……」

笹塚の隣には見覚えのある女性オペレーターがいた。ミシェルとかいう名前で、前に来たときにも一緒にいた人だ。もしかして笹塚といい仲だったりするのかな……などと余計なことを考えてしまったのは、私の人間に対するそういう方面への解像度が高くなったからか、それとも思考に余計なバイアスが掛かるようになってしまっただけか。

「汀くんは若いころから海外でヤンチャしてたから、むしろこっちの方が本来の姿かもね」

スーツを着ていない汀は、英語や（たぶん）スペイン語を流暢（りゅうちょう）に使いこなしている。身振り手振りも大きいし、表情もいつもと違って荒っぽく見えた。喋（しゃべ）る言葉で性格は変わるという話があるけど、本当かもしれない。

「……鳥子ってさあ、何ヵ国語喋れるの？」

「え、なに急に」

「英語は聞いたことあるけど、カナダってフランス語も公用語だったよね、確か」

「まあ、うん」

「歯切れが悪いね」

「正直全然身についてなくて」

「そうなの？　学校でやんないの？」

「一日三〇分、基礎フランス語（コア・フレンチ）ってクラスはあったけど、それだけ」

「それは身につかないかもねえ」

学校でさんざん英語をやらされる日本人だって英語ができるようにはならないんだから、

カナダ人だって同じだろう。

……と一瞬同族意識を抱いてしまったけど、考えてみたら鳥子は日本語と英語のバイリンガルなのだ。最初から同じ土俵に立ててなかった。

「なんで急にそんなこと訊くの？」

「え、ううん。フランス語の鳥子ってどんな感じなんだろうなって思っただけ。なんか喋れるフレーズとかないの？」

「無茶振りするなあ……うーん」

少し考えて、鳥子はちょっと恥ずかしそうに言った。

「えめすねぱするぎゃるでらんるーと。せるぎゃるでおんそんぶるどらめんでぃれくしおん」

「おー」

なにを言ってるんだか全然わからんままにぱちぱち手を叩くと、鳥子は照れたように顔を伏せて缶に口を付けた。

話には聞いてたけど、フランス語ってほんとに東北弁っぽいんだな……と思っていると、辻が首をひねって言った。

「なんだっけそれ。サン・テグジュペリ？」

鳥子が思いっきりバドワイザーを噴いたので、私とるなは思わず飛び退いてしまった。

「ブッ」

「わっ何⁉」

「ちょっと、汚いんですけど！」

顎からぽたぽたビールを垂らしながら、鳥子は呆然と辻を見つめている。

「ごめん、そんな驚かせるつもりなかったんだけど」

ウェットティッシュを容器ごと渡しながら、辻が半笑いで言う。

「安心して。言わないから」

口元を拭きながら、鳥子はこくこくと無言で頷く。私と目を合わせようとしない。

この様子だと、相当恥ずかしいことを口にしたみたいだけど……まあいいや。

私は考えるのをやめて、瓶に口を付ける。

有害なのはわかっていても、真夏の冷えたビールと肉汁滴るソーセージは最高だった。

5

あんなにビールをカパカパ開けていたのに、トーチライトの人たちは、お昼が終わると元気に働き始めた。トラックに積んできた木材が次々に牛舎に運び込まれて、すぐに電動工具の音が響き渡る。

「もう少しゆっくりしていただいて構いませんよ。皆さんの出番はこの後ですから」

笹塚がそう言うので、お言葉に甘えることにした。私たちは天幕の下に居座ったまま昼寝モードに移行した。日陰で冷たい飲み物があれば、とりあえず暑さはしのげる。ビールで火照(ほて)った肌に山の風が気持ちよかった。

一時間半ほどで工具の音が止んで、オペレーターの一人が呼びに来た。天幕を出て、日差しに焼かれながら広場を歩き、牛舎の中に入ると、中の様子は一変していた。

真新しい木材の匂いが漂う中、元々あった家畜用の囲いを仕切って、ベニヤと角材で作られた簡素な部屋がいくつも設営されていた。見るからに急ごしらえで、戸口にはドアすらない。でも今回はそれで充分だ。牛舎一階の三分の二ほどを占めるこれが、訓練用のキルハウスになる。

笹塚がやって来て、部屋を繋ぐ通路へと私たちを案内した。

「こんな感じで大丈夫でしょうか？」

部屋の中を覗き込む。最初の部屋にはぽつんと一つ、服屋にあるような、肩から腰までのトルソーが置かれていた。通路を少し進んだ斜向かいの部屋には、男性用の便器が転がっている。次の部屋は、薄汚れたビニールカーテンが部屋の真ん中から吊り下げられている。そんな調子で、仕切られた各部屋に一つずつ、何らかのオブジェが設置されていた。知らずに見たら、現代美術の展示かと思われるかもしれない。

「わかりませんけど、とりあえずこれでやってみましょう」

「了解です」

このオブジェは、牛舎の二階から持ってきてもらったものだ。この建物にも居住棟と同じような、怪談のシチュエーションを再現しようとした部屋がいくつかあった。そこの道具をうまく媒介にできれば、人為的に中間領域を作れるのではないかと思ったのだ。

つまりここで私たちがしようとしているのは、中間領域をコントロールして、対裏世界戦の訓練フィールドを作る実験だ。るなを連れてきたのもそのためだった。

「るな、来て」

振り返って呼ぶと、るながだるそうに歩いてきた。屈強なオペレーターの間を歩かされて居心地が悪そうだけど、ビビってはいない。むしろ注目を浴びて喜んでいるんじゃないだろうか。

一見、逮捕後に現場検証に引き回される凶悪犯みたいな絵面ではある。でも、多分るな自身はそう思っていないだろう。本当にどうしようもなくなったら、〈声〉を使って何もかもめちゃくちゃにできるのだから。

その気持ちがわかるのは、この場では私だけかもしれない。

「これ、どう思う？」

部屋の中を覗かせると、るなは顔をしかめた。

「トルソー一個？　これだけですか？」

「あんまり道具立てに凝るとゲートが開いちゃうでしょ」

「それにしたって盛り上がらなくないですか」

「盛り上げすぎちゃダメなの。初心者相手なんだから」

まあいいですけど……と言って、るなは他の部屋を覗きに行った。

「うーん……」

「まあね、気持ちはわかるよ」

「ですよね？」

ぼそぼそ話している私とるなを、鳥子が胡乱（うろん）な目で見ているのがわかる。

「ここの二階さ、なんでゲートになってなかったの？　居住棟の方はゲートいっぱいあったのに」

「そもそもゲートとかにするつもりなかったんですよ。そういうのがあるって知りませんでしたし」

「あ、そういえばそうか……」

るなが裏世界に行ったのは、DS研を襲撃したときが最初のはず。それ以前は〈ブルーワールド〉とかいうぼんやりした概念しか持っていなかったのだから、ゲートを開くという考えが生まれるわけがない。

「冴月さまのいる場所に行くって発想がなくて、こっちの世界に召喚しなきゃって思ってたんですよ。そのためにこの場所のリノベを始めて、最初に手をつけたのがこっちの建物だったんです。次に隣の建物、なんでしたっけ、居住棟？　でしたっけ、で同じことを続けて。リノベを重ねるうちに、だんだんみんな手慣れてきて、いい雰囲気になってきたなって思ってただけなんです。ときどき様子がおかしくなって、ギフテッドに変わる人が出て――でも私が話したら、いい子にしてくれたので」

〈牧場〉にいた第四種のことだ。その辺の話は汀からも聞いていたから既知の情報だけど、こうして本人に淡々と語られると、るなのやっていたことの異常さに改めて気付かされる。凄まじい変異を遂げたDS研の第四種に対して、るなは何の忌避感もなく接していたけれど、その「分け隔てのなさ」は、自分の信者が第四種と化しても罪の意識を感じない、倫理観の欠如と同じところから来ているのかもしれない。

「ゲートの存在知らなかったって言ったけど、あれは？〈地下のまる穴〉」

「ああ、あれもいつの間にかみんなが作ってくれてたんです。それであの、頭のおっきい子いたでしょ。ぽやぽや毛が生えてた子」

頭部が肥大化して、ゲートを開閉する能力を持った第四種だ。手がたくさんある第四種と一緒に、閏間（うるま）冴月（さつき）に殺された。

「あの子が、〈まる穴〉の向こうに行けるの教えてくれたんです。すごく便利でしたけど、ほら、やっぱり使えるシチュって限られちゃうじゃないですか。人目のある場所にいきなり出ていったら目立ちますし。だからＤＳ研にお邪魔するまで、実はわりと持て余してたんですよ」

「へえ、そうなの」

あんなテレポート手段を手に入れたら使い倒すんじゃないかと思っていたけど、言われてみればそういうものかもしれない。身一つで移動できるならまだしも、あんな大きなゲートと第四種が街なかに出現したら大騒ぎになるだろう。

「〈まる穴〉も、こっちの世界を移動できるってだけでしたし。だから紙越さんに教えてもらうまで、私が作ってた部屋がブルーワールドに繋がってるなんて考えもしなかったんですよね」

知ってたらなあ……と、るなは残念そうに言う。知らなくてよかったと思う。絶対、碌なことになっていなかったから。

「まあいいや。それで、どういう風にやってたの、そのリノベは」

「そんな変わったことしてなかったと思うんですけど」

るなが最初の部屋の中に足を踏み入れる。

「要はお化け屋敷の飾り付けですよ。それっぽい道具を、それっぽく配置して……」

喋りながらトルソーの腰を摑んで持ち上げる。

「やっぱり最初のころはあんまりうまくできなかったんですけど、やってるうちにだんだんコツが摑めてきましたね。怪談も語り口で全然怖さが違うじゃないですか、それと同じかなって」

るなはトルソーを部屋の隅に運んでいくと、壁に向けて立たせた。少し離れて眺めた後、少しだけ角度を付ける。振り返って、頭上の電源ケーブルからぶら下がったライトを見上げた。

「これ、ちょっと位置変えたりできます？」

オペレーターが一人、小さな脚立を持ってきて、るなの言うとおりにライトの位置を変えた。明るさも変えたので、一階全体が少しだけ薄暗くなった。

最後にトルソーの配置を微調整して、満足いったのか、るなが手を離した。

「んー、こんなもんですかね」

「えっ」

思わず声が出てしまった。ほんのちょっと手を加えただけなのに、部屋の雰囲気は別物と言っていいくらいに変わっていた。

戸口から見ると、壁際に立つトルソーに自然に目が吸い寄せられる。何の変哲もないはずのトルソーは、少しうつむき気味に壁に向かって立っていて、頭がないのに何かをじっと見つめているみたいに感じてしまう。その見ているものが何かを想像しても怖いし、こちらを急に振り返りそうに思えるのも怖い。

「潤巳くん、君すごいね。インテリアデザイナーの素質あるよ」

私の後ろで、辻が感心したように言った。

「またそんな……。適当なこと言わないでください」

「いや、大マジだよ。そう思うでしょ、紙越くんも」

私は頷いた。

「びっくりした。お化け屋敷職人で食っていけると思う」

「うーん、そうですかあ？　実感ないんですけど。というか、もっといろいろやれることがあるはずなのに、素材がこれだけだとどうしても限界があるので……」

素直に誉めたつもりだったのに、るなは喜ばなかった。難しい顔でぶつぶつ言っている様子は、一丁前に職人っぽい。

「いや、むしろ、限られた素材でここまで雰囲気を出せるのはすごいよ。こんな才能があるなんて思ってなかった」

「才能なんかないと思いますけど……。てか、できると思ってなかったなら、なんで私にやらせたんですか？」

「〈声〉を使って何かやってたもんだと思い込んでたんだよ。そしたら全然そんなことなかったから……」

右目で見ても、室内に銀色の靄はない。でもここには確かに、中間領域の気配があった。薄皮一枚隔てて、この世のものではない何かと接しているような、ヒリヒリする感覚が。

鳥子が透明な左手で、空中を撫でる。

「どう？」

「ひんやりする……微かだけど、風が吹いてるみたいな感覚がある」

室内は無風だから、この世のものではない風だ。鳥子の左手は、裏世界の気配を冷たい

流れとして知覚する。間違いない。るなのリノベは、空間を中間領域に近付けることができるのだ。

後ろで様子を見ていた笹塚たちを振り返って、私は言った。

「うまくいきそうです。準備してもらって大丈夫です」

るなの空間デザインの技術は本物だった。小便器が転がる部屋は、配置を無造作に変えただけで凄惨な殺人現場みたいになったし、吊り下げられたビニールカーテンは、少し汚れを加えたら、向こうに何かいそうで直視したくないほど不気味になった。急ごしらえのキルハウスが、匠の手によってお化け屋敷に変わっていく。具体的に怖いものなど何もないのに、この雰囲気が作れるのは素直に凄い。ここに小桜がいたら悲鳴を上げて逃げ出していただろう。

人間、どこに才能が眠っているかわからないものだと思った。当の本人が自分のスキルを理解していないのも不思議だ。配信者としては成功せず、育てたカルトも潰されて、信仰対象にすら裏切られたるなが、まさかこんなところで開花するとは。道を踏み外す前にわかっていればとも思うけれど、踏み外したからこそ判明した才能なのも確かで、ままならないものだ。

すべての部屋をリノベし終えて戻ると、トーチライトの方も準備を整えていた。決まった軍服がないので、〈ともしび工務店〉の作業着をベースに、ベストを付けたり、ヘルメットをかぶったりしている。ライフルやらショットガンやらで重武装だけど、事前に説明があったとおり、どれも電動のエアソフトガン。仮にここに警察が踏み込んできたとしても、気合の入ったサバゲーマーで通る。通らないのは私と鳥子だけだ。

「まず一度様子を見ましょう」

笹塚が言って、最初に突入する部隊に命令する。

「すべての部屋をクリアリングして戻れ。撃たなくていい、基本動作を基本通りやるだけだ」

「了解」

突入部隊のリーダーが言った。部隊の五人が通路際の壁に張り付く。笹塚がストップウォッチを押して言った。

「GO」

五人が素早い動きで通路に入っていく。ガタイがいいのに動きが滑らかなのがさすが本職だ。私は、おーすげー、くらいの温度感でしかないけど、鳥子は興味深そうに見入っていた。

最初の部屋を覗き込んだ先頭のオペレーターが、一瞬、怯んだように動きを止めた。二番手も同じく、ちょっと身を引くのが見えた。そこから先は、狭い通路で団子になって、外からはよく見えなかったけど、プロでもやっぱりビビるらしい。るなはというと、反応に満足した様子もなく、難しい顔で何か考えている。こいつにこんな職人肌な部分があるのは予想外だった。

部隊が戻ってきて、笹塚がストップウォッチを止めた。

「かなり遅いな。どうだった」

「いや……ビビりました。覚悟はしていたつもりだったんですが。ミニマリストの作ったホーンテッド・マンションですね」

リーダーが私たちの方をちらりと見て、大げさにかぶりを振った。

「たいしたリノベーションですよ。こんなに怖い目に遭うとは思わなかった」

るなが何も言わずに微笑み返した。

最初のチームが離れていってから、るなは心なしか得意げに言った。

「一目置かれちゃった感じですか、私？」

「最初から一目置かれてるでしょ、るなは」

「えー、そうですかあ？」

「みんなるなに何ができるか知ってるもん。トーチライトの人たち全員、るなが何か怪しいこと喋ろうとしたときどうやって一瞬で無力化するか、常に考えてると思うよ」

「やば〜。怖いなあ」

　口ではそう言いながらも、るなはニヤニヤ笑っていた。

　残りのオペレーターも、二つのチームに分かれて同じように突入した。戻ってきた全員が怖かったと口を揃えて、私たちを──特にるなを、恐ろしげに見ていく。

「特に最後の部屋の子供！　どうやったんですか一体」

「子供？」

「アジア人の子供がいたでしょう。ありゃ何ですか、小便ちびるかと思いましたよ」

　三チームめの最後尾を務めていたオペレーターが去り際にそう言い残していった。最後の部屋に設置したのは金属製のロッカーだ。匠の業によって絶妙な角度で半開きにされた扉から、今にも誰かの顔が覗きそうな雰囲気を醸し出してはいるけれど、どうやら雰囲気だけでなく、いないはずの子供まで見えたらしい。いないはずとは思いつつも、さすがに気になって点検しに行った。もちろん子供なんていなかった。怪談の生まれる瞬間に立ち会ったのかもしれない。

「よかった、霞が勝手に来たのかと思った」

ほっとしたように鳥子が言った。私もその可能性は頭をよぎった。神出鬼没のあの子なら、石神井公園からはるばる飯能まで来ることもできるかもしれない。

「さて……これで最初の実験は成功と言ってよさそうですね」

汀の言葉に、笹塚が頷いた。

「フェイズ1は想定以上の成功です。対UBL戦訓練に特化したキルハウスを構築する手段が確立できましたし、テストの結果を見ても実用に耐えられそうです」

「潤巳さんの技術がこれほどとは本当に予想外でしたね。ありがとうございました」

「え、はい、いいですけど、別に」

丁寧に礼を言われて、るなは戸惑っているようだった。

「実際の訓練では、同じセッティングで繰り返し突入して練度を上げるものと思いますが、その点どうでしょう？　恐怖の対象が同じでは、初見では怖くとも、二回目以降は耐性ができるのでは」

「そこはどうなるか試行したいところですね。通常の訓練でも、単純な繰り返し作業にならないように敵の配置や家具の位置などは細かく変えます。そうしたエンジニアリングを潤巳さんにお願いする必要があるかもしれません。もう一つ見たいのは、恐怖に耐性が付くのかどうか。仮に付いたとして、その耐性は別の対象に対しても有効なのか」

「特定の対象だけでなく、恐怖全般に対する耐性というものがあり得るかどうかですね。どう思いますか、紙越さん」

横で聞いていたら急に話を振られて焦ってしまった。

「えー、そうですね……。ど、どう思う？　鳥子」

「え、私？　そうだなあ……私たち、いろいろ怖い経験してるけど、その度に、なんて言うか……ちゃんと怖がってると思う」

「あ、そうだね。いちいち怖がらされてる」

「だから、そういう意味では慣れてないし、裏世界がこっちの恐怖を利用して接触してくる以上、怖いのは避けられないんじゃないかな。人間の脆弱性を突いてくるわけだし。ただ私たちの場合、恐怖に固まって何もできなくなるってことはなくなった。逃げるにしても戦うにしても、怖がりながらも行動はできる。それは私の手とか空魚の目とか、銃があったり、そういう対抗手段があるのも大きいけど、一番の理由は、恐怖が相手の手段だってことがわかってるからだと思う。個々の恐怖への耐性は付かなくても、そこでパニックにならないように訓練することはできそう」

「なるほど、よくわかります」

汀と笹塚が頷く。私も横から補足した。

「あと付け加えるとしたら、二人で行動してるというのがやっぱり大きいかもしれません。私がやられていたら鳥子が、鳥子が行動できないときは私がなんとかできますから」

「ははあ」

「すごく怖いときも、相手がまずい状態になってるのに気付くと意外に踏ん張れるんですよね。自分がしっかりしないとって思うからかもしれないですけど。一緒じゃないと終わってた局面が何度もありましたし、一人で裏世界に挑むって選択肢はもうないかなと」

「そ、空魚……！」

あっ、すごい。隣の鳥子からハートマークがぴんぴん飛んでくるのが見える気がする。言わない方がよかったかもしれない。他の人にこのハートマークが見えてないといいんだけど。

突然ラブラブ光線を放ち始めた鳥子に気付いていたとしても、笹塚は態度に出さなかった。

「チーム内で互いの精神状態に気を配って行動する必要に迫られることはなかなかありませんから、盲点でしたね。連携の取れたプロほどチーム内の信頼を前提として動きますし、仲間が恐怖で異常な行動をするかもしれないという発想はないはずです。対ＵＢＬ戦では、高ストレス下で士気を失った仲間や、負傷者がいる状況を想定した訓練方法が流用できるかもしれません」

専門的なことはよくわからないけど、なにがしかの参考にはなったようでよかった。

「それでは、次の実験に移りましょうか。辻さん、お願いします」

汀が言った。事前に計画した実験の、フェイズ2だ。

6

フェイズ1は、中間領域をコントロールして訓練フィールドを作る実験だった。続くフェイズ2は、辻の魔術が中間領域への対抗手段になるかの実験だ。

るなのリノベも未知数だったけど、こっちも負けず劣らずどうなるかわからないから、個人的には興味深かった。

「さて、効くかなあ、どうかなあ」

辻が緊張感のない顔で進み出て、キルハウスに入っていく。私たちも後に続いた。最初の戸口をくぐって、部屋の中央で立ち止まる。改めて見ても部屋は不気味で、壁際のトルソーには近づきたいと思えなかった。

「私たちは入らない方がいいですか？」

汀が訊くと、辻は無造作に手を振って答えた。

「どっちでもいいよ〜。人がいた方が変化があって面白いかもね」

そういうことならと、私たちはぞろぞろ部屋の中に入って、壁際で見学することにした。

「ん〜。まずベーシックなやつから試してみるかな」

辻は右手の人差し指と中指を揃えて立てた。

「仁科くん仁科くん。手出して」

「え、何？」

不審そうに手を出す鳥子。変異していない右手の方だ。

「これね、鋼鉄の短剣」

「ん……？」

きょとんとしている鳥子の手のひらに、辻は揃えた二本の指をそっと当てた。

「わっ!?」

弾かれたように鳥子が手を引く。

「なに？　どうしたの？」

「き、金属だった」

「ええ？」

見直してみても、指は指だ。どこからどう見ても鋼鉄の短剣には見えない。

にっこり笑って、辻は部屋の中央に戻った。

「えーと、こっちが東と」

一方の壁を向いて、辻がまっすぐ立つ。ふーっ……と長く息を吐くのと一緒に、肩から力が抜けていくのがわかる。それを見ていた私は、唐突に、軽い眠気に襲われた。いや、眠気というと正確ではないかもしれない。ただ一瞬意識がぼんやりしたのは確かだ。辻に引き込まれるように、勝手に身体が力を抜いたみたいだった。

辻が二本揃えた指を額に当てて、それを胸に向かって下ろす。十字を切るように右手を動かしながら、朗々と唱え始めた。

「ア～～テ～～～～マルクト～～～～ヴェ・ゲブラ～～～～」

びりびり響くようなすごい声だった。お経のように濁った音ではないけど、ちょっと似ている。宗教的な儀礼を連想するような、メロディのない歌みたいな声の出し方だ。

「ヴェ・ゲドゥラ～～～～ル・オラーム～～～～ア～～メ～～ン」

辻が目の前の空中に星の形を描いて、その中央に指をまっすぐ突き立てる。

「ヨド・ヘー・ヴァウ・ヘー！」

同じことを時計回りに九〇度ずつ向きを変えて、四つの方向に対して繰り返した。

「アドナイ！」

「エーヘーイエ！」

「アグラ！」

また東に向き直って、両手を広げる。

「我が前方にラファエル。我が後方にガブリエル。我が右手にミカエル。我が左手にウリエル。我が四囲に五芒星輝きたり。光柱に六芒星輝きたり」

もう一度、最初にしたのと同じ十字を切るような動作をして、辻が手を下ろした。

それで終わりのようだった。音楽の演奏や即興の芝居のようなパフォーマンスを見せられたような気分で、静かなのが落ち着かない。なんとなく、拍手した方がいいのかなと思ってしまう。

「ふう」

私が拍手を始める寸前で辻が息をついて、首を回しながら言った。

「あ〜、メチャメチャ久しぶりにやったな、これ」

「何やったんですか、今の」

行き場を失った両手を下ろしつつ、私は訊いた。

「ＬＢＲＰ――五芒星の小追儺儀式ってやつで、ゴールデン・ドーンの一番有名な、基本的な儀式なんだけどね。潤巳くんがこの部屋に施した術の影響を取り除くことを意図して追儺、つまりお祓いをしてみたの」

「術ってなんですか、私そんなことしてませんけど」

文句を言うるなに、辻が笑いかける。

「お言葉だけど、潤巳くんのリノベは立派な魔術と言っていいやつだよ。気を付けた方がいいね」

「は？　何をどう……」

「それより、肝心なのは効果があったかだ。これ、どう思う？」

辻が戸口まで下がって、部屋全体を見渡した。私たちも改めて部屋を見回す。

「何か変わりました？　全然効いてないと思うんですけど、辻さんの儀式」

誰よりも先に、るながズバッと口にした。正直なところ、私も同感だった。辻のパフォーマンスは印象的だったけれど、部屋は変わらず不気味で、儀式によって何か影響があったようには感じられない。

「そうだね！　効いてない！」

自分の儀式が失敗したと言われたのに、辻は楽しそうだった。

「いや～、君すごいね。一応本気でやったんだけどね、ＬＢＲＰ程度じゃ潤巳くんの作った領域を破壊できないんだ！」

「何言ってんだか全然わかりません」

「超おもしれーって言ってんの」

テンションの上がっている辻の横で、鳥子が遠慮がちに手を挙げた。

「あの……この部屋の雰囲気を変えたいんだったら、もっと簡単な方法がある気がするんだけど」

「おっ、何？」

「そのトルソーどけるとか、壊すとかすればよくない？」

辻はニヤッと笑って鳥子を指差した。

「鋭い！　そうなんだよ。本来はそう。ある意図を持って作られた空間の機能を損ないたければ、その空間の構成要素を破壊すればいいはずだ。怪しい儀式なんかする必要なんかない。ところが……」

辻は注意深く配置されたトルソーに手を掛けると、無造作に床に倒した。

「あっ、ちょっと！」

るなの抗議も知らない顔で、辻は続ける。

「ネガティブな意図をもって構築されたこういう空間は、そう簡単に機能を失わない。むしろ損壊することで強度を増すことすらある。ほら、心霊スポットに侵入したヤンキーがスプレーで壁に落書きしたりするよね。落書きそれ自体は場違いに思えるけど、それで怖さは薄れないでしょ？　それと同じ」

辻の言うとおりだった。確かに、トルソーが床に転がっていても部屋の不気味さは保たれていた。立っていたものが引き倒されたことで暴力的な風味が加わったようにも思える。

「じゃあ、逆に掃除したらどう？」

「仁科くんは鋭いねえ」

なんでも誉めてくれる辻だ。からかうような響きが常にあるので、今ひとつ素直に褒め言葉として受け取れないのだけれど。

「実際そうだよ。掃除と片付けは、日常でできる一番簡単なお祓い方法。このトルソーをゴミに出して、掃除機掛けて、明るい色の綺麗な壁紙を貼って、ちょっとお洒落な照明で照らせば、この部屋の雰囲気はガラッと変わるよね」

「はあ……そんなんでいいんですか。掃除が魔術なら、確かに私のリノベも魔術かもしれませんね」

「そうそう、自信持っていいよ、潤巳くん」

るなの皮肉を軽く受け流してから、辻はにんまりと笑った。

「――でも、それだけで済んじゃうなら、世の中に事故物件とかいうものは存在しないわけよ。どんなに上っ面をきれいにしても、根本的なヤバさが取り除けない空間というのがある。お祓いというのはそういう場合に求められる儀式」

「気休めでしょ、お祓いなんて。今の儀式も意味なかったじゃないですか」

「ところが、実践魔術師は常に効果を求めるんだよね。魔術が効かなかったように見えるとき、うやむやにして終わってはいけないんだ」

「じゃあ、どうするんですか、次は」

私が訊くと、辻は考えながら言った。

「そうだなあ。もともといくつか試してみようと思ってたんだけど、どうしようかな。ピーター・キャロル式の五芒星儀式か……いや、もっと抽象的な方法じゃないとダメかもな。うん、よし」

一人で納得したように頷いた。

「決めた。ごく簡単なやつで行ってみようか」

そういうと辻はまた、部屋の真ん中に進み出た。

今度は何を始めるのかと見守る私たちの目の前で、辻は大きく息を吸い込んだかと思うと——笑い始めた。

「アーーーッハッハッハッハッハッハッハッハァーーーーッッ」

部屋にいる全員がぎょっとしてのけぞった。辻は私たちの方を向いてさらに笑い続けた。ゼロから一瞬で百に達する、ほとんど爆発みたいな笑いだった。お腹を抱えて、心から面白そうに、肺の空気をすべて吐き出すような全力の爆笑を続ける。笑っている人間を、私は今まで見たことがない。圧倒されているのは私だけじゃないはずだ。るななんか顔が青ざめるほど引いてしまっている。

一分は続いただろうか、笑いは始まったときと同様にぴたりと止まった。スイッチを切ったみたいに、百からゼロへ。

「大丈夫？　潤巳くん」

嘘みたいに冷静に辻が訊いた。るなは口元を手で押さえて下を向いている。

「あ、鼻血——」

鳥子が声を上げた。るなの手を鼻からの血が一筋流れ落ちる。

「ごめん、そうなっちゃうのか」

辻が近づいて、るなの肩を支えた。笹塚が腰に付けたポーチから除菌ティッシュを出してるなに渡す。

「なん……ですか、今の。気持ち悪くなって……吐くかと思った」

喋れるようになったるなが、鼻をティッシュで押さえながら言う。

「追儺の影響喰らっちゃったんだね」

「追儺――」

「今度は効いたね。やー、よかったよかった」

気付いてみると、部屋の中の雰囲気は明らかに変わっていた。淀んでいた空気がすっきりして、照明まで明るくなったような気がする。物理的には何も変わっていないのに……。

「いま辻さんが笑ったのがお祓いになってたってことですか？　笑っただけで？」

半信半疑で私は訊いた。

「そう。笑いはものすごく強力な、魔を退ける力を持つから。爆発的な感情の発露は全部使えるんだけど、怒ったり泣いたりするよりは笑った方が楽しいでしょ」

「楽しいかどうかなんですか？」

「そりゃそうよ。実践魔術なんてやろうとする人間は全員どっかおかしいんだから、楽しむことを忘れた奴はあっという間に外道に堕ちていくわけ。潤巳くん、もう大丈夫？」

「……ドン引きですよ。あなたがバカみたいに笑ってる間ずっと、メチャメチャ不愉快でした」

「自分が笑われてるような気がした？」

俯いていたるなは、そう訊かれると、はっとしたように辻を見上げた。

「潤巳くんがこの部屋をリノベしたの、呪いをかけたみたいなもんだからさ。対象を特定しての呪いじゃないし、悪意もなかったから大丈夫だろうと思ってたんだけど、目の前で破られたらそりゃちょっとは返ってくるかもね。ごめんね」

「……わけわかんないこと言わないでくれます？」

「ま、細かい話はおいといて――とりあえず、対ＵＢＬ戦において、私の魔術は完全に無力ではないとは言えそうだ。こんなもんでＯＫかな、汀くん」

「ありがとうございます。これで事前に計画した実証実験のフェイズ２まで成功しましたから、一日の成果としては充分かと」

汀が頭を下げる。

「もういいの？」

「はい、笹塚さん、あとはお願いできますか」

笹塚が進み出て言った。

「あとはここを使って、うちの者が訓練しますので、皆さんは休んでいただいて大丈夫です。ただ、その前に……言いにくいのですが」

ちらりとるなの方を見て、笹塚が言い淀んだ。

「え……なんですか？」

「この部屋の仕掛けが変わってしまったので、訓練のために、また元のようにしていただけると……」

るなが正気を疑うように目を剝いた。

「いやまあ……いいですけど……」

「恐縮です」

「人使い荒すぎないですか、ほんとにもう」

るなは倒れたトルソーに歩み寄ると、しばらく見下ろした後、口元を押さえていた手を下ろして、鼻血をなすりつけた。

「これでいいですか？　じゃあ顔洗ってきますね、私」

るなが部屋を出て行く。あとには一気に陰惨な雰囲気に変わった部屋が残された。血痕一つ追加しただけなのに、とんでもない効果だった。

「すごいね、あの子」

鳥子が毒気を抜かれたように呟いた。

「いや～、若さってのは可能性だねえ」

辻がおじさんくさいことを言ったので、部屋の雰囲気に心なしかケチがついた気がした。

7

トーチライトのオペレーターたちは、午後の残りずっと、牛舎で訓練を繰り返していた。BB弾がベニヤの壁に当たる音が断続的に聞こえてくる。暇になった私たちは自分たちのテントに戻って、キャンプの準備に取りかかった。

とはいえ私は凝った装備を持ってきていないから、テントに放り込んだ荷物から椅子を取り出して広げたり、テーブルを出してバーナーやカトラリーを出したりするくらいで終わってしまう。一方で鳥子は気合が入っていて、大きなバッグから知らない道具を次々に引っ張り出していた。私が試験と補講で忙しくしている間にせっせと買い込んでいたらしい。

「いつの間に買ったの、そんなフライパン」

「これはスキレット」

「ああ、キャンプ雑誌にいっぱい出てくるやつ。何が違うんだっけ」

「鋳鉄製の小さいフライパンをスキレットって言うの」

「じゃあフライパンじゃん」

「そうだけど！」

るなと辻の二人がこっちにやって来て、開店準備中の私たちを見下ろした。

「楽しそうですね」

「鼻血大丈夫だった？」

「もう平気です」

「すごいね～。私たちキャンプ道具とか全然持ってきてないんだよね」

「基本の道具を貸してもらってるなら、手ぶらでも大丈夫ですよ」

実際、ご飯を食べて寝られれば最低限の用は足りる。それ以外はやりたいことをやればいい。私は裏世界での探検の方が主目的だから、こっち側の世界では放っておくと無味乾燥なキャンプになってしまうと思う。鳥子はそこが違って、こういう機会でも可能な限り楽しみたいタイプだ。

「実は手ぶらってわけでもないんだけどね」

辻の言葉に鳥子が顔を上げた。

「何持ってきたの？」

「お茶とかワインとか。あと軽いお茶菓子とつまみ」

「あ……いいな」

「よかったらご一緒しましょ」

「ほんとに？　ありがとう」

鳥子に辻と会話する気があるみたいなので、ちょっと安心した。鳥子が人見知りモードでニコニコしているだけだと私が頑張って喋らなければならないからだ。もう慣れてはいるけど、るなと辻、二人の相手を私だけで務めるのはさすがにぐったりしてしまう。

「空魚、焚き火はどうしようか」

「さすがに火を焚くには暑くない？」

「えー、せっかく薪持ってきたのに」

鳥子が残念そうな声を上げたところに、るなが口を挟んだ。

「冷えると思いますよ」

「え、そう？」

「昼間だからまだ暑いですけど、日が落ちたら一気に涼しくなります、ここ」

「ふうん。じゃあ、焚き火してもよさそうだね」

おお……。鳥子がるなとも会話している。まだ若干ぎこちないけど、一応穏やかな対応ができている。

などと他人事みたいに感心してしまったけど、何様なんだ私は。人のコミュニケーション能力をどうこう言える立場じゃないだろ。

内心で自分に突っ込みながらも改めて考えるに、鳥子もるなを更生させることには賛成しているから、その一環として対話を頑張ってくれているのだと思う。わざわざ訊いて確かめるつもりはないけど、鳥子にはそういう、人に対して誠実なところがあるから。

「この辺でいいかな」

荷物から取り出したシャベルで、鳥子がおもむろに地面を掘り始める。

「何やってるの？」

「焚き火の準備。ここって直火で大丈夫だよね？」

キャンプ場の場合、地面の上で直に火を焚くのが禁止されているところが多くて、防火シートを敷く必要があるみたいだけど、ここはキャンプ場じゃないし管理人は私だ。

「別にいいけど……」

「じゃあ遠慮なくやっちゃうね」

辻がお茶を淹れてくれるというので、シングルバーナーでお湯を沸かした。クーラーボックスの中から出した氷に、淹れたてのお茶を注ぐと、冷たいハーブティができた。

三人でアウトドアチェアに座り、這いつくばって謎のトンネルを掘っている鳥子を見物しながら、のんびりと冷えたお茶を味わう。振り返った鳥子が抗議の声を上げた。

「ちょっと！　静かだと思ったら何やってるの？」

「集中してるから邪魔しちゃ悪いかなって」

「いい香り……それお茶？　ずるい、私もほしい！」

砂遊びに夢中な子供みたいだなと思いながら見ていたけど、言うことまで子供みたいになっていて笑ってしまった。

「鳥子の分もあるから大丈夫よ。手を洗ってからね」

日が傾いてくると、るなの言った通り暑さは急速に和らいでいった。〈牧場〉を取り巻く森の中から、涼しい風が吹いてくる。これくらいがちょうどいい気温だね、などと言っていられたのも束の間、涼しさは徐々に肌寒さに変わっていく。

「……なんか寒くない？」

「だから言ったじゃないですか」

るなはいつの間にかカーディガンを羽織っている。私たちも慌てて荷物から上着を引っ張り出した。

牛舎の方の訓練も終わったようで、オペレーターたちがぞろぞろと広場に出てきた。エアガンとはいえみんなごつい銃器をぶら下げているから、絵面があまりにもいかつい。

訓練には汀も混ざって参加していたようで、借り物の装備を身につけていた。若いころ中米でヤンチャしてたとかいうだけあって、異様に板に付いている。汀は中央の天幕で装備を返してから、私たちのところにやってきた。汗びっしょりだ。

「お待たせしました。今日の訓練はこれで終わりです」

「おつかれさまです。汀さんも一緒にやってたんですね」

「いやあ、お恥ずかしい。誘ってもらったのでついその気になったんですが、本職には到底かないませんね。久々にしごかれましたよ、この年で」

口調こそいつもとあまり変わらないけど、やっぱりテンションが高く感じる。出発前は、書類仕事があるから途中で帰るかも……なんて言ってたのに、そんなこと忘れたみたいだった。汀は汀でこのキャンプを楽しんでいるのかもしれない。

「今日、この後はどうするんです？」

「あとは食事をして寝るだけです。トーチライトさんはバーベキューの準備も怠りないですから、少し騒がしくなりそうですが」

武装を解いて作業着の上をはだけたオペレーターたちが、工場の方へ向かいながら、大声で汀の名を呼んだ。汀は手を挙げて応えてから、こちらにまた向き直る。

「失礼して、シャワーを浴びてきます。また後ほど」

そう、〈牧場〉には大きめのシャワールームまであるのだ。それも今回のキャンプが成立した理由の一つだった。ただでさえこの大人数、真夏に入浴設備なしでは、いくらなんでも厳しい。るなによれば、もともと工場の建物に付いていた設備を使えるように保守していたとのこと。このカルトの姫は、廃墟を根城にしていたくせに、信者が不潔なのは我慢できなかったらしい。

汀に続いて、笹塚とミシェル、それにあと二人の女性オペレーターがやって来た。鳥子が地面に掘った穴を見下ろして、笹塚が面白そうに言った。

「これは……仁科さんですか？」

「そう」

「いいですね、本格的……。ああ、それと潤巳さん、ありがとうございました。とてもいい訓練になりました」

「それならよかったですけど。あんなので役に立ったんですか」

「はい、とても」

「あの、何度も訓練繰り返してましたけど、どうでした？　怖さって薄れました？」

気になっていたことを訊いてみると、笹塚は首を振った。

「不思議なんですが、何度同じコースを反復しても変わらず一定の怖さがありました。多少は慣れるかと思ったんですが、意外な結果でしたね」

興味深い話だった。怪談にもそういうものがときどきある。何度読んでも背筋が粟立つような、異常に怖い話が。人間にとって、そういう話のもたらす怖さは、たとえば暑さ寒さのような、抗うことのできない環境変化に近いのかもしれない。中間領域も同じなのかも……そんな風に考えるのは飛躍がすぎるだろうか。

「ですので、潤巳さんに付きっきりでメンテしていただかなくても大丈夫そうです。キメラハウスを常設の訓練場として使えると、こちらとしてはたいへんありがたいですね」

「キメラハウス？」

「あ、失礼しました。誰からともなく、キルハウスではなくキメラハウスと呼ぶようになりまして……」

「どういう意味です？」

そう訊くと、るなが呆れたように言った。

「知らないんですか、紙越さん？　アメリカの都市伝説じゃないですか」

「え、そうなの？」

「そうですよ。あらゆる恐怖が詰め込まれた、キメラハウスっていう大きな建物があって、中に入った人は誰も出てこないっていう都市伝説があるんです。ですよね、笹塚さん?」

「そうらしいですね。私も知らなかったのですが」

苦笑する笹塚。るなはここぞとばかりにマウントを取ってくる。

「なんで知らないんですか、紙越さんが」

「都市伝説は専門外なの!」

「えー? がっかりですね、見損ないましたよ」

ンだあ?

キメラハウス——るなに言ったとおり都市伝説には興味がないから、その名前自体初耳だったけど、キメラという言葉がここで出てくるのは、〈鵼〉の片割れとしては落ち着かない。偶然だろうか、それとも……。

「こういうのが一番困るんだよなあ」

シャワーを浴びに行った笹塚たちを見送りながら、私は呟いていた。

8

トーチライトの皆さんは、シャワーから戻ってくると早速バーベキューの準備に取りかかった。昼にソーセージを焼いていたグリルに新しい炭を投入して、ガスバーナーで一気に火を付けると、分厚い牛肉やトウモロコシを焼き始める。新たな巨大クーラーボックスが氷水で満たされて、ビールと炭酸飲料が冷やされている。まだ開けていなかった荷物の中からスペアリブや骨付きの鶏肉が次々に出てきて、昼間のあれはほんの前座に過ぎなかったことがよくわかった。

肉の第一陣が焼けるか焼けないかのうちに全員揃っての乾杯があった。各自が飲み物を手にしているのを確認して、笹塚が音頭を取る。

「訓練初日、お疲れさまでした！　乾杯！」

おつかれさまでした！　かんぱーい！

この調子でよく知らない人たちと社交しなきゃならないとしたら大変だぞ……と恐れていたのだけれど、最初の乾杯の後は少し落ち着いて、自然にいくつかのグループに分かれての飲み会が始まった。私たちインドア系四人組も、食べ物飲み物をかすめ取って、自分たちのテントの前に戻った。誰かが持ってきたスピーカーから音楽が流れている。〈牧場〉がこんなに賑やかになったのは初めてじゃないだろうか。

「アメリカ人が多いのかな、トーチライトさんって。バーベキューのやり方が日本人のスケール感じゃないよね」

ケバブを齧(かじ)りながら辻が言った。鳥子が首を傾げる。

「どうなのかな、話してるの聞いてると多国籍っぽい感じだけど」

「でも、乾杯の一言目が〝お疲れさまでした〟なのは日本っぽくないですか？」

私がそう言うと、辻が笑い出した。

「確かに～。日本で会社やってるとだんだんそうなっていくのかもねえ」

汀や笹塚は、何か不都合がないかとこちらの様子を見に来てくれたけれど、基本的にトーチライトの輪の中にいた。オペレーターたちもあえてこちらに来ようとはしなかった。私たちはあんな気色の悪い訓練施設を作った当人だから、敬遠されていてもおかしくはない。でもどちらかというと、忌避するというより、放っておいてくれているという印象だった。向こうは向こうで私たちと何を話せばいいかわからないだろうし、そこはお互い様か。笹塚とトーチライトは以前から汀とは顔なじみのようだから、この手の妙な案件には多少慣れているのかもしれない。

梢(こずえ)の向こうに日が落ちると、あたりは急速に暗くなった。投光器が発電機に繋がれて、広場を明るく照らし出す。るなが予告したとおり、日没と同時に気温はガクッと下がった。私たちも自分たちのランタンを点灯して、焚き火の準備を始めた。

鳥子が掘った穴に薪を入れて、火口を作って点火する。横穴から空気が取り入れられてよく燃える、ダコタ・ファイヤーホールという方式らしい。

「子供のころママから教えてもらったんだ。覚えててよかった」

首尾良く薪に火が付くのを見届けて、鳥子が嬉しそうに言った。

鳥子と辻が持ってきた食材が、焚き火の上に置かれたスキレットで調理され始めると、バーベキューに負けないくらい美味しそうな匂いが漂い始めた。鳥子はこの機会にいろいろ試したかったらしく、スキレットを二つも持ってきていた。手持ち無沙汰にしていたら、食材のカットを頼まれたので、ナイフを取り出してソーセージを切ったり厚揚げを切ったりした。鳥子にプレゼントされたナイフだ。いくら普段遣い用とはいえ、こんな用途でいいのかとも思ったけど、私の手元を見た鳥子は上機嫌だったので、まあよかったのだろう。

ソーセージとカマンベールチーズのアヒージョ、厚揚げのベーコン巻き、鶏皮の脂で焼いた餃子、芽キャベツのチーズフォンデュ。どれもおいしくて、辻が持ってきた赤ワインがよく合った。辻も飲んでいたけど、テンションはあまり変わらなかった。

「ほら～、潤巳くんもっと食べな～？　若いんだからさあ」

「食べてますってば。だから、もういいですって！　痩せたいんです、私は！」

「何言ってんの、未成年のくせに痩せようとするんじゃないよ」

「なんなんですかこの人、助けてください仁科さん」

「え、私なの？」

「紙越さんに助けを求めても受け流されるだけなので」

「わかってきたじゃん、るなも」

「紙越さんは他人事みたいに言わないでくださいよ」

「ほんとひどいよね、空魚って」

「あ!? ちょ、なんで肉にワインかけたの!?」

「フランベだよ、フランベ」

「ああ……私が育ててた肉が……」

「肉は育たないでしょ」

「いい焼き加減になるまでじっくり見守ってたの！」

お腹が満たされて、残ったワインを啜（すす）っているうちに、辻の魔術の話題になった。

「あれ、最初にやってた儀式、なんでしたっけ……L……LG……」

「LBRPね。レッサー・バニッシング・ライト・オブ・ザ・ペンタグタム」

「あっちはなんで効果なかったんですかね。あんなに迫力あったのに」

「そうねえ。考えられる要因としては、まずLBRPは術者自身を祓う儀式だってことが挙げられるかも。場所や物ではなくてね」

「対象が間違ってたってことですか」

「間違ってはいないんだ。術者の認識を書き換えることで現実に影響を及ぼすというのが現代魔術の基本の考え方だから。自分自身の部屋への認識を祓うのが、部屋自体を祓うことになる。でも、効かなかった。ある程度予想はできたけど」

「最初から効かないと思ってました？」

「いや、効かせるつもりでやったよ。もう一つ理由があるとしたら、儀式が既存の象徴体系に拠りすぎてて、場を支配している文脈と噛み合わなかったってのが大きいと思う」

「既存の象徴体系というと——」

「あれってさ、ユダヤのカバラとか旧約聖書が元になってるのね。我が前方にラファエル、我が後方にガブリエル、なんちゃらかんちゃら。これはこれで強力なんだけど、潤巳くんの施した術を前にしてはどうにも上滑りしちゃう。だって潤巳くんは既存の呪術とかおまじないとかを引っ張ってきたわけじゃなくて、自分のセンスでやってたわけでしょ、あのリノベを」

「そうですけど？」

「それはね、強いよ。付け入る隙がない。これがさ、たとえば悪魔ナントカを召喚してこの土地を呪う！　とか、動物霊を呼び出して憑依させる！　とかだったら、話は簡単なの。借りてきたイメージに則った術は、もっと強いイメージで上書きできるから。何が動物霊じゃ、こっちは東西南北の四大天使やぞ、口にすべからざる神名ヨド・ヘー・ヴァウ・ヘーやぞ、のけのけ、ってやっちゃう。でも潤巳くんはそんなこと言われたらどう思う？」

「は？　知らんが。ウザ。って思いますかね」

「でしょ。権威を持ち出されても動じない、独自のドメインを構築できてる。だからここはもっとプリミティブな方法じゃないとダメだなって思ったの。あの空間を作り出した人間が怯むようなやつをぶちかます必要があった」

「で、あの爆笑だったんですか……」

うさんくささは相変わらずだけど、辻の言う魔術の理論がおぼろげにわかってきて興味深かった。

「それにしても、やってること乱暴じゃないですか？　天使の名前とか持ち出してますけど、要はビビらせて追い出してるだけですよね」

面白くなさそうになるなが言った。

「そう！　まさにそうなのよ、ビビんないやつをどうやってビビらせるかってのをやってたの。ＬＢＲＰが強力なのは、旧約聖書文脈のコワモテネームよくばりセットだからだもん。オメーどこ中だ、こっちはコエー先輩いっぱいいるカバラ中だぞ、よこしまなる者よ去れ、てなもんよ」

「そういう魔術って、辻さんの信仰に基づいてるの？」

　鳥子の質問に辻は首を振った。

「いや、全然。儀式をやってる私自身は、日本人の大半と同じく、特に信仰の意識はないまま、日常的な生活習慣として仏教と神道を実践してるわけ。こういう実践ベースの信仰形態は一神教を前提とした〝宗教(レリジョン)〟の概念で捉えきれないから、当の日本人も自分が〝無宗教〟だと思ってたり、海外から見ると〝仏教という宗教〟を信仰してると思われたりして相互に誤解が生じてるんだけども――」

　この人、酒が入っても変わらないと思ったけど、実は酔うと喋るのが止まらないタイプかもしれない。

「――ともかく、信仰のない日本人の私でもＬＢＲＰが使えるのはどうしてかって話。結論から言っちゃうと、カバラ系の儀式魔術がとても使い勝手のいいライブラリだから。イメージ喚起力が充分で、他のドメインに対しても強力で、しかも安定してる。ＩＴエンジニアが言うところの〝枯れた技術〟ってとこだね。あの儀式――ＬＢＲＰを作り出したのはゴールデン・ドーン、黄金の夜明け団っていう十九世紀末イギリスの魔術結社なんだけど、彼らの魔術って確かにカバラが元になってるとはいえ、当時ブームだったエジプト神話にかぶれまくってるし、ギリシャ神話やタロットのモチーフも節操なく取り入れてるし、ごった煮もいいところなんだよ。ゴールデン・ドーンから始まる西洋近代魔術が世界中で便利に使われ続けてるのは、そういう風に元の信仰から切り離されてるからだろうね」

お酒が回ったせいか、お腹がくちくなったからか、辻がぺらぺら喋るのを聞いているうちに、何の話をしていたのかだんだんわからなくなってきた。

「なーんかずっと悔しいんですよね。私のリノベの効果が、あんな馬鹿笑いで無効化されちゃったと思うと」

眉間に皺を寄せるるなに、辻はにんまりと笑いかけた。

「潤巳くん意外なほど職人気質だよねえ、いいと思うよお」

「うるさいですね。あれが効かなかったら、他にどうにかする手段あったんですか？」

訊かれた辻は、箸を一本だけ持ち上げると、るなに向けて高らかに叫んだ。

「エクスペクト・パトローナ〜〜ム！」

「……ハリポタ!?」

「そうじゃなきゃ、かめはめ波ーっ！　でもいいよ」

「ふざけてるんですか？」

「ふざけてもいるし、真剣でもある。使える概念ならなんでも使うんだ。私は混沌の姉妹、ケイオスの淑女だから」

「何言ってんだか全然わかんないです！」

バーベキューも二十二時ごろにはだいたい終わって、あとは寝るだけになった。スピーカーの電源が切られて音楽が途切れると、〈牧場〉は急に静かになった。焚き火も落ち着いて、炭になった薪がとろとろと燃えているだけだ。

工場の外の蛇口で調理器具やカトラリーを洗って、歯を磨いた。汗をかいたし煙に燻されたし、シャワーを浴びたい気持ちはあったけど、髪を乾かすのが面倒だと言う鳥子とるなの意見を容れて、シャワーは明日の朝に回すことにした。

おやすみを言って自分たちのテントに入る。一日中大勢の人に囲まれていたので、二人になってほっとした。寝る前に、シャワーの代わりに汗拭きシートで顔や服の下をぬぐう。

「おつかれ、空魚」

「鳥子もね」

私たちはこそこそと言葉を交わす。一旦寝るとなると、あたりはさっきまでの賑わいが嘘のように静かだ。少し離れた辻るな組のテントや、天幕の向こうにあるトーチライトのテントから、声を落とした話し声や、ごそごそいう物音がときおり聞こえてくる。

「暑いから寝袋要らないかと思ったけど、念のため持ってきてよかったね」

「うん、ていうか寒いくらい」

「くっついてもいい？」

そう言いながら鳥子が顔を寄せてきたので、手を挙げて静止した。

「テントだからね。中で明かりつけてたら外からシルエット丸見えよ」

「じゃあ早く消してよ」

鳥子がからかうように囁いた。

「…………」

ランタンの明かりを消すと、テントの中は真っ暗だ。鳥子の腕が、暗闇の中で私を抱き寄せる。息のかかる距離。頬が触れ合って、唇が唇を探し当てる。頭に回した手の指の間を、さらさらした髪が流れ落ちる。

「寝袋つなげる？」

私が訊くと、鳥子がくすくす笑った。

「さすがに暑いでしょ」

「さすがにね」

「いい子でいられなくなっちゃう」

「ばか、何考えてるの」

自分の声の優しさに自分で驚いた。身体を離す。は、とあくびが出た。見えていないのに、鳥子にもあくびが移ったのがわかった。

「おやすみ」

「おやすみ、空魚」

薄いマットの上の寝床、寝心地はよくはないのに、あっという間に眠りに落ちていた。

9

「起きてください」

「んん……」

「起きてください。早く、起きてください」

熟睡していたところに声を掛けられて、無理矢理意識が引っ張り上げられた。くっついた目をなんとか開けて見上げると、テントの入り口から誰かの顔が覗いていた。

「いないんです、起きてください」

「え……？　なに、誰……？」

目をすがめているうちに、ようやく焦点が合ってきた。

知らない子供だった。

テントの中に、知らない子供が首を突っ込んでいた。

「は⁉」

白目がない。目が真っ黒だ。愕然とする私に無表情な顔を向けたまま、子供が言った。

「あなたたちの番です」

「んん……なあにぃ……？」

隣から不明瞭な抗議の声が上がる。

「と、鳥子！　起きて！」

寝ている鳥子の方を向いて気付いた。

まだ夜だ。テントの中は闇に包まれていて、寝袋にくるまった鳥子も黒い塊にしか見えない。布地越しに外の光がわずかに入ってくるけど、人の顔が分かるほどの光量ではない。

視線を戻したときにはもう、子供の顔は消えていた。ただ、テントの入り口のファスナーが途中まで開いている。

子供ということ以外、何も憶えていなかった。性別も、目鼻立ちも、何一つ。

手探りで枕元に置いたランタンをつけると、鳥子がううっと呻いて腕で顔を覆った。

「何……トイレ……？」

「こ、子供がいて」

「子供ぉ……？」

「人間じゃなかったけど」

おそるおそるテントから顔を出してみた。山の上ということを加味しても涼しすぎる〈牧場〉の空気が顔を撫でる。天幕周辺を照らす最低限の照明を除いては真っ暗で、異常が起こっている様子はない。

横に目を向けると、るなと辻のテントが目に入る。

入り口が開けっぱなしになっていた。

「鳥子、やっぱり何か変かも」

「えー……？」

振り返ると、鳥子は半分寝たまま正座していた。目をつぶったまま、左右にゆらゆら揺れている。

「起きれ」

「ふがっ」

鼻をつまんでやったらさすがに目を開けた。抗議の視線を無視して靴を履く。

「隣、様子見てくる」

「あっ、待って、待って」

いつもの習慣で、最低限の道具だけ入れたサコッシュを手に取ると、上着に袖を通しながら外に出た。るなたちのテントに近づいて、中を覗く。二人分の寝床が並んでいるけど、どちらももぬけの殻だった。靴もなくなっている。

「どこ行った……？」

「トイレじゃないの？」

鳥子が目を擦（こす）りながら追いついてきた。

「それにしたって、こんな開けっぱなしで出ていくかな。暑いならともかく」

「さっき、子供がなんとかって言ってなかった？」

「あ、そうそう、言ってた」

私がさっき見たものを説明すると、鳥子の顔が曇った。

「やだな。その子供って、幽霊か何か？」

「幽霊とかいないと思うから、〝何か〟の方かな」

「右目で何か見える？」

　ぐるりと周りを見回してから、私は首を振った。

「見えない。少なくともこの辺には。ていうかこんなに暗いとそもそも――」

「ん？」

　私が喋っている途中で、鳥子が急に後ろを振り返った。

「え？　あれ？　いま――」

「どうしたの？」

「手が……あっ、また！」

　鳥子は左手を中途半端に前に出して言った。

「手を引っ張られてる！　弱いけど、気のせいじゃない……！」

　右目で鳥子の左手の周囲を見る。何も見えない――ＤＳ研、閏間冴月の研究室で、鳥子が手を引かれたときと同じだ。

「まさか……」

「ううん、違う。あのときとは違って、すごく力は弱いっていうか、控えめ」

　訊く前に答えが返ってきた。鳥子も私と同じことを思い出したらしい。

「どこかに連れて行こうとしてるみたい……行っていいと思う？」

私はさっき子供の顔が言っていたことを思い返す。〝いないんです、起きてください〟——あの言葉は、るなや辻のことを指していたのだろうか？

「……ついて行ってみようか。いま、手がかりってそれくらいしかないし」

「オーケイ……」

鳥子が左腕の力を抜いて、歩き出した。私もついていく。サコッシュからライトを取り出してスイッチを入れると、白い光が行く手の道を照らし出した。

正体のわからない何かに導かれるまま、広場を横切っていく。三階建ての居住棟が夜空よりも黒いシルエットになって、壁のようにそそり立っている。トーチライトのテントは寝静まっていて、私たちを見とがめる人はいなかった。見張りくらい立てていてもよさそうなものだけど……。

「え、ここ？」

鳥子が呟いて足を止めた。私たちがいるのは牛舎の入り口だった。開け放たれた戸口の中、懐中電灯の光の輪の中に、ベニヤで急造された通路の入り口が浮かび上がる。

「この中に行けって言ってる？〈キメラハウス〉に？」

「嘘でしょ」

嫌だなあ……という気持ちを共有しながら、二人でしばらくそこに立っていた。気を取り直して私は言う。

「鳥子。一応、銃を――」

「そうだね」

鳥子が自分の銃を取り出そうとバッグに手を掛けたところで、あ、と小さな声を上げた。

「いなくなった」

「え、手を引っ張ってたやつ？」

「うん。左手を動かした拍子に振り払ったみたいになっちゃった」

鳥子はしばらくその辺の空中を探っていたけど、やがて諦めて手を下ろした。

「ダメみたい。もう感じない」

「ここからは自分で行くしかないみたいね」

鳥子が改めて銃を取りだして、装弾と安全装置を確認する。

「空魚はどうする？」

「ごめん、任せていい？　るなや辻さんをうっかり撃っちゃったら洒落にならない」

「わかった」

「てか、電気のスイッチあるでしょここ。どこだっけ」

「壁際の……その辺じゃない？」

コードを辿ってスイッチを見つけた。カチッと入れる。点かない。

「嫌な感じ……空魚、やっぱりこれ、おかしくない？　左手がぴりぴりする。るなが昼間にリノベしてたときと同じ」

――つまり、この辺も中間領域になりかけている？

るながリノベしていたのは〈キメラハウス〉内にある、個々の部屋だけだ。その影響がここまで及んでいるとしたら……まずいかもしれない。

「行こう。二人を見つけなきゃ」

私たちは覚悟を決めて、〈キメラハウス〉に足を踏み入れた。

何があるかはもうわかっている。それでも自分がエントリーする立場になると、これは本当に怖かった。私がライトを、鳥子が銃を持って、二人で通路を進む。最初の部屋には、床に転がったトルソー。ライトに照らされたそれは、人の形にすら見えないのに、今すぐここから逃げ出したくなるような不吉さを発散している。部屋に誰もいないことを確認して、通路を先へ。

二つ目の部屋には、男性用小便器が転がっている。ここでは絶対に誰かが殺されている。そんなありもしない過去の暴力の雰囲気が立ち昇っていて、なんならその殺人者がまだ部屋にいる気配すら感じられそうだった。部屋の隅の暗がりまで完全にクリアリングしてからでないと、怖くて背中が向けられなかった。

三つ目の部屋は、上から吊られたビニールカーテンが、部屋を真ん中から分断している。透明だったビニールは黒く汚れて、向こうに誰か立っているように見える。カーテンが揺らぐと、その人影がまるで動いているかのように……

……本当に動いているような気がする。

耳を澄ませば、微かな呼吸音と、衣擦れの音。私たち以外の誰かがいる！

「るな？」

思い切って声を掛ける。鳥子もまだ銃は下ろしたままだ。裏世界と同じような真似は、こちら側ではできない。

「ああ……やっと来たね」

ビニールカーテンの向こうから、押し殺した声が応えた。

「辻さん？」

「遅かったじゃん、お二人くん」

慎重にカーテンをめくると、確かにそこにいるのは辻だった。奇妙なことに、こちらを振り向かない。私の頭に、むじなに遭遇したときの記憶が蘇る。

私はまっすぐライトを向けたまま言った。

「本当に辻さんですか。こっちを向いてください」

「え……何？」

辻はゆっくり振り返って……ライトの光に手をかざした。

「ちょっと、眩しい眩しい」

私はほっとしてライトを下げた。辻にはちゃんと顔があった。

「何してるんですか」

「寝てたら潤巳くんがふらふら出ていったことに気付いて、追いかけたんだよ。そしたらこんなところに来ちゃって。君らが来るまで一人で怖かったよ、さすがに」

「私たちが来るの知ってたみたいな言い方だけど」

鳥子が不思議そうに言う。

「ああ、うん。呼んだからね」

「呼んだ？」

鳥子が自分の左手を見下ろして、辻に目を戻した。

「あれ、辻さん？」

「うん。タルパ。正確には私のじゃなくて、人から引っぺがしたやつだけど」

心ここにあらずという感じでそう言ってから、辻はまた私たちに背を向けた。視線の先にあるのは、もともとこの部屋にある階段だ。牛舎の中に唐突に設置されたこのコンクリートの階段は、二階に登る唯一のルートだった。

「るなはどこです？　この上にいるんですか？」

私がそう訊ねると、辻はゆっくりと頷いた。

「いる。いるんだけど——ちょっと、異常なことになってってね」

異常なこと……？

「身の危険を感じたから、行くのを一旦やめたんだ。専門家の支援を要請しないと、これはヤバいと思って」

辻の視線を追って階段の上を見上げる。二階も真っ暗だ。あの闇の中にるながいるとしたら、普通の精神状態ではないだろうことは予想できる——

見上げながらそう考えていたら、パッとスイッチが切り替わったように、二階が明るくなった。蛍光灯みたいに真っ白な光が溢れ出して、階段を照らし出す。急に電気が点いたという感じではなく、二階が暗いという思い込みが一瞬で取り去られたみたいな、最初からそうだったかのような切り替わり方だった。

「チャンネルが合った？」

驚く私たちの様子を見て、辻が察したように言った。

「まあちょっと、意見を聞かせてよ。あんなの見たことがない」

辻は半笑いだったけど、その笑顔の下には隠しようもない緊張の色があった。

牛舎の二階には、確かに照明はある。ただし一階と同じように、電源ケーブルを通して、安物のLEDライトを配置しただけの間に合わせの照明だ。こんな風に、照らされた箇所がのっぺりと白くなるような均質な照明じゃない。そもそも光量が多すぎる。

じゃあ、この光は何の光だ……？

鳥子と頷き合って、私たちは階段に足を掛けた。もう自分のライトは意味を成さない。右目に集中して、一歩一歩登っていく。後ろから辻もついてきた。

二階に顔を出した私たちは、しばらく呆然と周りを見回した。

広かった。いや、果てが見えなかった。真っ白な空間が、どこまでも続いているようだ。床も天井も、すべてが白く輝いている。そもそも天井なんてあるのだろうか？　白い空間には境目がなくて、自分が浮かんでいるみたいに思えてくる。

残った段を登りきった。少なくとも床の感触はしっかりしているけど、足裏から伝わる感触は、木ともコンクリートともつかなかった。

本来、牛舎の二階にあるのは、地下への階段に繋がる一本の通路と、ゲート未満の部屋がいくつか。それだけのはずだ。たとえすべての壁をぶち抜いたとしても、こんなに広いはずがない。

その空間に、るながいた。床にぺたんと座って、何かその辺に散らばったものをいじっている。積み木やブロック玩具で遊んでいる子供みたいに。こちらに気付いていいはずの距離だけど、振り返ろうとしはしなかった。

「どう思う、これ」

私たちに続いて上がってきた辻が訊いた。

「この空間……何だと思う？」

私にもわからなかった。中間領域の一種だろうか、くらいしか言えることがない。

「るなに声かけました？」

「まだ」

「とりあえず呼んでみましょうか」

私は思い切って声を出した。

「るな！　何やってるの、そんなとこで！」

るなは返事をしなかった。私の声は反響せず、果てしない空間に吸い込まれていく。

行くしかないか……。

おっかなびっくり歩み寄る。真っ白で距離感がわかりにくかったけど、だいたい十歩で到着した。

「るな、ねえ。何やってるの」

肩越しに覗き込んだ。るなが手元でいじくり回しているのは……おもちゃの家のように見えた。家というほどちゃんとした体（てい）を成しているわけではないけど、床の上に金属片や木の端材のようなもので象（かたど）られたそれは、立体的な間取り図のようにしか思えなかった。最初に抱いた、積み木で遊んでいるような印象はそう外れていなかったみたいだ。

「ここに仏壇があったんですよね」

るなが唐突にそう言った。

「ここがお父さんの部屋で。ここがおばあちゃん。ここが私の部屋です。お母さんの本棚がここ」

手元の間取り図に細かいパーツを付け加えながら、るなは淡々と続ける。

「占いの本とか、開運の本とかがいっぱい並んでて、もともとそういう傾向はあったんですけど。お父さんが出て行ってから、どんどん本が増えて。同じような、変な人たちが出入りするようになって。嫌だったけど、私にはどうしようもなかったんですよね」

「これ、るなの家……？」

鳥子が呟く。

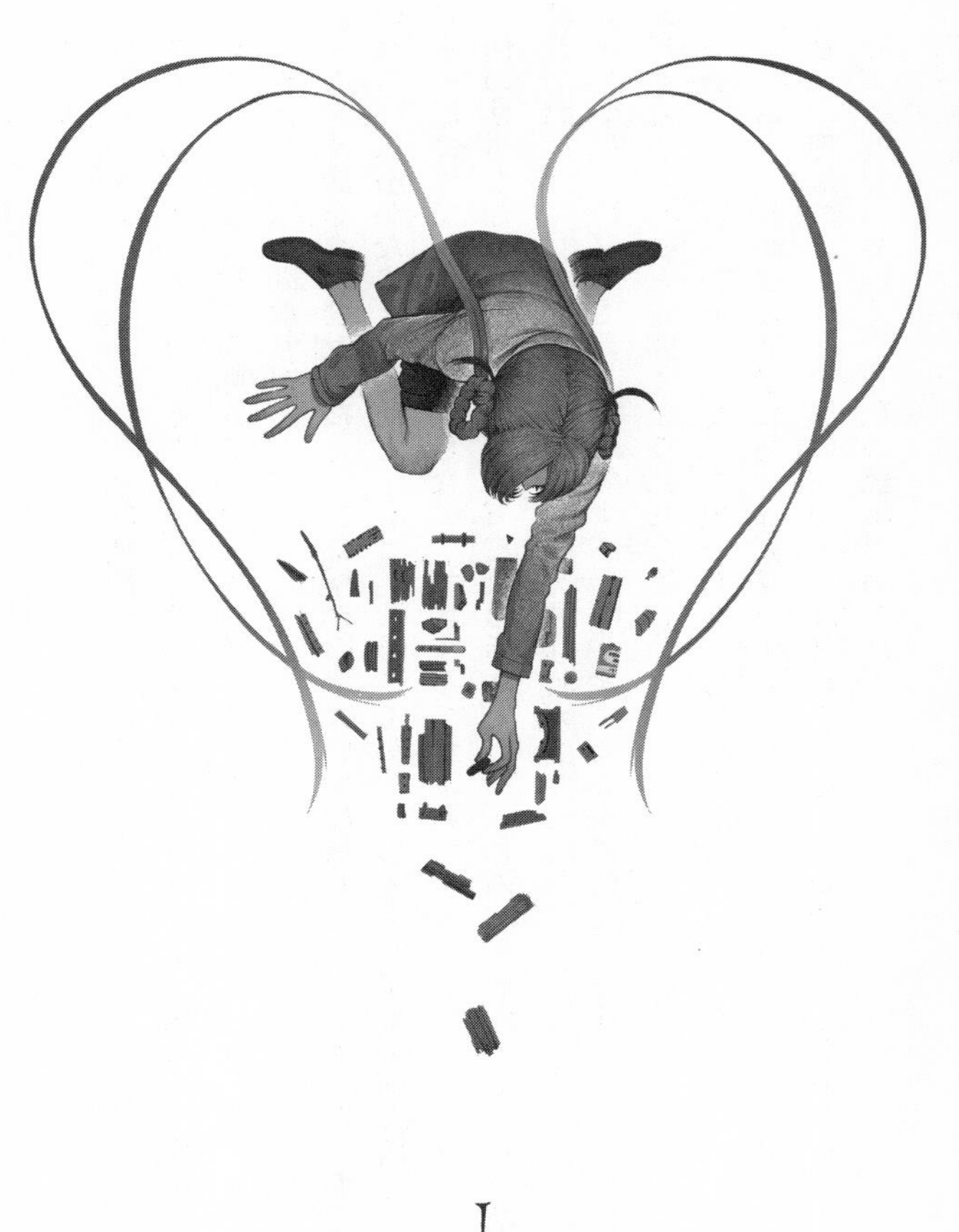

るなが語っているのは、確かにるなの家の話なのだろう。でも、床の上に作られているミニチュアの家には、気味が悪いほど既視感があった。

それは私の家の間取りだった。

「なるべく顔を合わせたくなくて、部屋から出ないで配信してたんですけど。ある日気付いたら、仏壇がなくなってたんですよ。お母さんが、この家も財産も全部喜捨したから、私も一緒に出ていかなきゃならないって言うんですよね」

何の変哲もない小石や木の枝が、るなの手によって、私の家を形作っていく。抽象的な表現のはずなのに、信じられないほどの再現性があった。

「それで私、嫌だって言ったんです。そのときにはもう、私には冴月さまがいましたから、お母さんも言うことを聞くようになりました」

チョークくらいのサイズをした黒い石を、るなは床から拾い上げた。

「だから、これが私の部屋にあれば完成です」

私には理解できた。その黒い石が、「冴月さま」だ。石を持ったるなの手が、ミニチュアの家に近づいていく。「私の部屋」めがけて。

間取り図を見下ろしながら、私は戦慄していた。

——違う。

反射的に足が出て、ミニチュアの家を蹴散らしていた。細心の注意を持って配置されていたパーツが辺り一面に散乱する。「私の家」は一瞬でガラクタの山になっていた。

完成の寸前で作品を破壊されたのに、るなは反応しなかった。そのまま手を動かして、手に持った黒い石を、「私の部屋」があった場所に置く。手を離すと、石はその場にぱたりと倒れた。

「……何やってるの、るな」

そう言うのが精一杯だった。目の前で何か、ひどく禍々しいことが行なわれようとしていた感触があった。

「紙越さん」

るなが顔を上げずに言った。

「私、何やってるんですかね」

意外としっかりした声だったけど、言っていることは意味がわからない。

「こっちの台詞だけど」

「なんで自分がここにいるのかわからないんですよ」

「それは……何？　寝ぼけてて気付いたらここにいたとか言いたいの？」

私の問いに答えはなかった。しばらく黙ってから、るながまた口を開く。

「私、詰んでると思うんです」

「詰んでる？」

「だって、そうでしょう。客観的に見て、私かなりひどいことしましたよね。大勢の人を巻き込んで、不幸にして。すごくたくさんの人に恨まれてるし、殺されても仕方ないくらいだと思うんです」

「まあ……そうね」

「もう配信なんかできないです。顔出しなんてもってのほかですし、Vになったって声でバレるでしょうし。私、素で声はかわいいので」

「まあ……」

「配信もできないし、人を洗脳しないように気を付けないとだし。やりたかったこと全部邪魔されてうまくいかなかったのに、私いま、ここで何やってるんでしょう」

「………………」

「昼間に訊かれたじゃないですか、ここを作ったきっかけ。思い出そうとしてたんです。でもダメでした。はっきり何かがあったわけじゃないんですよ。誰かに操られてたとか、たとえば冴月さまとか、そう考えることができたら楽になるのかもしれませんけど、実際には、なんとなくそういう流れになって、気付いたらなんとなくそうなってたってだけだと思うんです。自分から積極的に提案したわけじゃないですけど、誰かのせいにできるほどでもない……」

「じゃあ、それはそれとして受け止めるしかないんじゃない？」

「でも今もそうなんですよ」

「今も？」

「今、私、ここにいますよね。夜中に一人で抜け出して。寝ぼけてたんでしょうか。でも目は覚めてたと思うんですよ。だってここに来る途中の光景憶えてますもん、広場横切って、牛舎に入って、階段登って。なんでそんなことしたかっていうと、なんとなくそういう流れになって、なんとなくここに来たとしか言いようがないんです」

　手元の「家」の残骸に触れながら、るなは言った。

「紙越さんと約束したから、〈声〉は使わないようにしようって思ってたはずなのに、気付いたらこういうことやってました。私にリノベの才能があるとか誉めてくれましたけど、実感がないんですよね。だってそれこそこれ、ずっとなんとなくやってたことですし。このままだと私、またなんとなく流れで悪いことをして、なんとなく人を不幸にするのかもしれません。いっそ殺してもらった方がいいんじゃないでしょうか」

「殺さないって……」

「そうですよね。だって紙越さん、責めもしないじゃないですか、私のこと」

るなは顔を上げて私を見た。

「怒らないし、責めないし、それどころか外に出してくれて、一緒に何かさせようとまでする。冴月さまのお葬式のときはまだわかりますよ。でもみんなでキャンプとか、どういうことなんですか。急に私の気が変わって裏切るとか、ヤケになって自爆攻撃みたいなことするんじゃないかとか、考えないわけないですよね。なのに、なんか、信用……してくれてる。意味わかんないんですよ。紙越さんだけじゃないです。仁科さんも、辻さんも、汀さんも、トーチライトの人たちも、なんでか優しくしてくれるんですよね。まあ、仁科さんは怖いですし、辻さんはウザいですけど……」

「そんなに怖いかな、私」

「よく言われるんだよね」

流れ弾で低評価を喰らった二人のコメントも耳に入らないように、るなは続けた。

「なんで優しくされるのかわからなくて、ずっと居心地が悪いんです。殺されて山に埋められる方がまだ納得できますよ」

「しないって、そんなこと」

「反省しろとすら言わないじゃないですか」

「言われてするもんじゃないでしょ、反省なんて」

私が言うと、るなはふてくされたように言った。

「それってつまり、結局、誰も私に関心がないってことなんでしょうね」

「はあ？」

話が飛躍してついて行けない。私たちが、ＤＳ研やトーチライトの人間が、何人もの大人が、るなの処遇を巡る話に何時間費やしたか知らないでよく言えるとも思う。

……知らないんだから仕方ないか。わざわざそんなこと伝えるのも恩着せがましいし。

「他人に関心持ってもらうのがそんなに大事なの？」

ため息交じりにそう訊いた、次の瞬間。

「当たり前じゃないですか!!」

るなが叫んだ。

「悪いんですか？　人に関心持ってもらおうとすることが！」

「い、いや、悪いってわけじゃないけど」

たじろぐ私を睨み付けて、るなは言った。

「そうですよね。紙越さんはそんなこと気にする必要ないですもんね。いつも周りに人がいて、注目されてて、なのに関心もたれて迷惑みたいな顔してられる。羨ましいですよ。

友達多いし、頼られてるし、相方の鳥子さんもいるし。どうしてそんなに恵まれた立場で、それに気付かないでいられるんですか⁉」

るなは「家」の残骸を摑んで、叩きつけた。パーツが床に跳ねて、そこら中に散乱する。

「紙越さんと話してると自分が惨めになるんですよ。お父さんも出ていって、お母さんもバカになって、配信してもうまくいかなくて。私に興味持ってくれる人なんて、誰もいなかったんです。〈ブルーワールド〉に出逢って、冴月さまにもらった〈声〉を使ったらファンクラブができましたけど――それも結局ダメになって、みんなに嫌われて。神様だと思ってた冴月さまも、全然そんなことなかった。怪物でした、あの人は」

るなの声が震える。

「気付いてないかもしれないですけど、私、なんにもないんですよ。本当になんにも。せめて誰かに関心持ってもらいたいって思うの、そんなに変ですか⁉」

「それは……」

私は戸惑っていた。

確かにかわいそうだと思う。るなは酷いことをしたけど、そこに至る道のすべてがるな一人の責任ではないだろう。家庭環境も悪かったみたいだし、未成年だし、なにより裏世界の干渉を受けての行動でもある。

でも私には、根本的なところで共感できないのだ。

誰かに関心を持ってもらいたいという動機が、私にはない。

そういう欲求が皆無というわけではないとは思う。ただ、薄いのは確かだ。それが恵まれた立場にいるからだと言われたら、そうかもしれない。私だって家庭環境はあれだったけど、お母さんにはたぶん大事にされていたし、今は鳥子や小桜をはじめとして、私をこの世につなぎ止めるアンカーになってくれる人が何人もいる。そんな私が、他人の評価なんてどうでもいいなんて言ってたら、ふざけるなと思われるだろう。それはわかる。

じゃあ、どうすればいいんだろう。どういう言葉をかければいいんだろう。

「私は君のこと嫌いじゃないよ」

辻がそう言ったけど、るなは喜んだ様子を見せなかった。

「だからって好きなわけでもないでしょう」

苦し紛れに私も言った。

「で、でも、るなも自分で言ってたじゃない。みんな優しくしてくれてるって」

「私、そこまでバカじゃないんですよ。優しくしたくてしてるわけじゃないことくらいわかってます。私の始末に困って、でも誰も自分で手を下す気にもなれないんでしょう。優しくされるたびに、本当に辛くなるんです。義務感で優しくされてるの、惨めすぎるんですよ。一生腫れ物扱いで、誰にも好かれずに生きていくなら、私もう死んだ方がマシです」

るなが首をねじ曲げて鳥子の方に視線を向けた。

「仁科さん、その銃で、私のこと撃ってくれませんか?」

鳥子は首を振る。

「そんなことしないよ」

「だろうと思いました。優しいですもんね、仁科さんも」

るなはがっくりとうなだれる。

「……じゃあ、こうしたらどうですかね」

すうっと顔を上げて、るなが言った。

「仁科さん、い、い、私を撃って、い、い、い、ください、い、い」

その口から、銀色の流線が伸びて、鳥子の耳へと生きもののように滑り込んだ。

「あっ……!」

「——紙越さん、ごめんなさい」

口では謝りながら、るなはすっきりしたような、穏やかな顔をしていた。

「約束、破っちゃいましたね」

振り返った私の目に、無表情のまま銃を持ち上げようとする鳥子の姿が飛び込んできた。

「鳥子！　だめ！」

「え、でも、撃てって言われたから」

当然のように鳥子が言った。手は止まらない。銃口がるなにぴたりと向けられて、引き金に指が――

とっさに私はるなの前に立ちはだかった。鳥子がはっと目を見開いて、銃口を逸らす。

「危ない！」

こっちの台詞（せりふ）だ。

私が射線を塞いでいる隙に、辻が鳥子の腕を摑んだ。

「ちょっと、何？　放して――」

「いやいやいや、まあまあまあ」

私は鳥子に近づいて、辻に加勢した。

「空魚、邪魔しないで。危ないってば」

「うん、危ないでしょ、だから銃から手を放して」

「でも」

「私を間違って撃っちゃってもいいの？」

「それは……よくない」

「よくないでしょ、だから銃を貸して。後で返すから、ね」

「ほんとに？　返してね？　撃たないといけないんだから」

「うんうん」

なだめすかすうちに、どうにか銃が私の手に渡った。冷や汗ものだ。

「ありがと。ちょっとごめんね？」

鳥子の左手に自分の手を添えて、頭の横まで持っていく。

「なに？」

「はい、そこでぎゅっと握る」

「ぎゅっと……うえ、なんかある⁉」

「はいそれぐいっと引っこ抜いて！」

右目の視界の中で、鳥子の耳からずるずると〈声〉が引きずり出された。手が握りしめられると、燐光が弾けて消えた。

その場にくずおれかける鳥子を、辻が支えた。

「大丈夫、仁科くん？」

「あ〜〜〜、最悪」

ふらつきながら身体を起こして、鳥子は髪をかき上げる。

「大丈夫……ごめん」

そう言いながらも、鳥子の声には操られたことへの悔しさが滲んでいた。

「だめかあ」

背後から自嘲するような声が聞こえた。私は振り返って、るなを見下ろす。

「るな、あんた……」

「紙越さん、やっぱり怒ってると素敵ですね」

るなが私を見上げて言った。

「普段は見せないような強い感情があふれて、目がきらきらして、火が燃えてるみたい。だからみんな紙越さんに惹かれるのかなあ。普段は見向きもしてくれない人がこっちを見たら、そりゃ嬉しくなりますよね。怒る以外の感情を向けてくれたら、もっと嬉しいんでしょうけど……怒らせることくらいしかできない人間には、それしか方法がないですから」

「……私はそんな、ご大層な人間じゃないよ」

気を鎮めようとしながらそう言った。るなは空々しく笑う。

「残念。せっかく火がついたのに、すぐ消えちゃいました」

そう言ってから、何かに気付いたみたいに手を叩いた。

「あっ、そうか。私、バカだな。私を撃たせようとしたのが間違いだったんだ。本当に紙越さんを怒らせたかったら、鳥子さんには自分を――」

「るな」

自分でも意外なくらい低い声が出た。

「それ以上言ったら許さない」

「……許さなかったら、どうするんですか」

挑むようにるなが言った。理解しているのだ――私がるなを殺そうとしないことを。自暴自棄になって、むしろ殺されることを望んでいる自分を、これ以上脅す方法がないということを。

私はるなの前にしゃがみ込んだ。子供を相手にするみたいに目を合わせて言う。

「あのね……確かに私は、他人からの評価に興味がないよ。でもそれは、もっと他のことに興味があるからなの。るなから見たらいけ好かないかもしれないけど、私の場合は、人に興味を持つ能力がないってだけなんだよ」

「能力がないからしょうがないって言いたいんですか？」

「見ているものが違うってだけ。関心を持たれなくて悲しいなら、自分で関心のあるものを追うしかないんじゃない？　るな自身は、誰に関心があるの？」

「………」

「そういう人、誰かいないの？」

途方に暮れたような顔でるなは私を見た。その視線が私を通り越して、肩越しに私の後ろに向けられる。助けを求めるような目つきだった。

背後からため息が聞こえて、鳥子が私の隣に膝をついた。

「わかるよ」

るなに向かって鳥子が言った。

「こっちを向いてほしい人に、相手にされないの辛いよね」

るなが無言で下を向いた。頷いたように見えた。

……え？　また私の知らないところで何かしらの交流が発生している？

さっき操られたばかりで怒り心頭かと思っていた鳥子が、るなに思わぬ共感を見せたことで、私は混乱してしまう。

私たちの後ろで、辻が言った。

「潤巳くんさ、私たち、君が思ってるほど、君に関心ないわけでもないんだよ。みんな一応大人だからさ、未成年の君に対してどういう距離感で接していいか探り探りなのよ。君が感じてる以上に、みんな君のことを気に掛けてる」

「そういう辻さんはどうなんですか」

「身元を引き受けるなんてめんどくさいこと、興味なかったらしないよ」

「どういう興味があったんですか、私に」

「面白い子だと思ったから。それ以上何か理由がいる？」

「…………」

これで落ち着いてくれたらいいけど……と思いながら、私は言った。

「ね？　そんなに悲観しなくてもいいって。るなは案外、気に掛けてもらってるよ。そういう実感はないかもしれないけど、少しずつでも人生を取り戻せるようになってみんな思ってる。だから――」

「もしそうだとしても！」

るなは私から身を引き剝がした。

「そうだったとしたらむしろ、もっと悪いですよ。私自身の問題、なんにも解決してないですもん」

「るな自身の問題？」

るなは周りを見回した。果てのない白い空間を映して、るなの目は怯えていた。

「ここ、なんなんですか。自分の足でこんな変な場所まで来て、知らない家の間取り図作ってたことに、紙越さんに声を掛けられてようやく気付いたんですよ。変でしょ、絶対。

こんなことがまた起きたら、気付かないうちにみんなを裏切っちゃいそうで怖いんです」

「……本当に知らないうちにここに来てたの？　なんとなくそういう流れになって？」

「自分で言ってて嘘くさくてムカつきますけど、はい」

黙って考えている私を、るなが不審げに見つめている。るなに合わせて私もしゃがんでいるから、目の高さはだいたい同じだ。そう、まるで子供に対してそうするのと同じように。私はこの行動を自然にやった。なんとなくそういう流れになって。

それは自分の意思でやったことだろうか。

「……なんですか？」

沈黙に耐えきれなかったのか、るなが訊く。その目を見ながら、私は口を開いた。

「私さ、子供好きじゃないんだよ」

「は？」

「だけど、子供を前にすると、なんとなく子供に対して接するモードに変わっちゃうの。しゃがんで目線を合わせたり、怖がらせないように優しく喋ったり。自分がそうしたいわけでもないのに。それがずっと腑に落ちなかったんだよ。なんで私は、別に好きでもない子供に対して、取って付けたように優しく接してるのかって」

「は……はあ」

「鳥子、思い出してほしいんだけど……ほら、あの、鳥子の昔の動画見せてもらってたときあったでしょ。射撃の競技の動画」

「こ、こんなときに何言い出すの⁉」

鳥子の声が上ずっていて、そういえばあのときは状況があれだったなと気付いた。まあ、わざわざ言わなければ私と鳥子以外にはわからないし……。

「あのとき、私たち二人とも自我がなかった。なのにずっと、それっぽい会話を続けてたよね。途中で目が覚めたみたいに、ずっと自動的に喋ってたことに気付いた」

「ああ……うん」

「後から思い出しても、あのときの会話ってちゃんと会話として成り立ってたんだよね。自我だけが落ちてた。私の子供に対する態度もそういうことで、子供を前にしたらスイッチが入って、自動的にそういうモードに変わっちゃうんだと思う。多分るなの場合も同じで、意識はあるのに自我がない状態で、自動的に物事が進んでたんじゃないかな」

「よくわからないです。え、意識はあるのに？　自我が？」

「自我がない」

「私がそういう状態だったたってことですか」

「うん。そこに裏世界の干渉を受けて、〝なんとなく〟程度にしか思わないままに、向こう側からの足がかりを作らされてたんだと思うんだよね。〝冴月さま〟を召喚しようというるな自身の意向があったから、うまく乗せられたんじゃないかな」

話しているうちに、私はだんだん興奮してきた。バラバラだった思考のパーツが、頭の中で嚙み合っていくのを感じる。

「怪談ってそうなんだよ。怖いはずなのに、異常なことが起こっているとわかっているはずなのに、なぜか途中で離脱できずに取り返しが付かないところまで行っちゃう。一度そのコースに乗ったらもう、そこから逃げるのはすごく難しい。思考も行動も自動的になっちゃうんだ」

「はあ……」

「……恋愛もそうなんだ」

ぽろっと口からその言葉が出た。言葉の後から理解が遅れてやって来た。背筋がぞわっと粟立つ。核心的な場所に辿り着いたという気がした。

「そういうことなんだ……。恋愛もきっとそうなんだよ！」

わけがわからないという顔のるなに、私はまくしたてる。

「恋愛って怖くて、ものすごく強い重力を持つ星みたいに、近づいた人間を〝恋愛〟っていう文脈に引き込もうとする。そこに取り込まれると、やることなすことみんなその文脈でしか解釈されなくなっちゃうし、自分の言動もそうなっていく。そこが私、ずっと気になってて、怖かったんだけど……そうだ、恋愛と怪談って、人間をむりやり文脈に乗せてくるって点で同じなんだ！　恋愛の文脈が人間を乗っ取ってくるみたいに、裏世界の存在は怪談の文脈に人間を乗せてくるんだ！　どう？　わかる？」

「怖いです」

「わかる。怖いよね」

「紙越さんが怖いです」

「え、なんで⁉」

「わかるよ、紙越くん」

辻が不意に言った。振り返った私を見下ろして、辻は穏やかな口調で続けた。

「紙越くんが言っているのは、魔術師が修行の過程で気付かなければならないことのひとつだ。紙越くんの言うような思考への介入が、魔術的意識を阻害するから」

私が辻の言うことを理解する前に、るなが言った。

「私がこんなことをしてるのも、ブルーワールドの影響だって言いたいんですか？　それが本当だったとしても、自分でそれを意識できてなかったらどうしようもないですよね」

「ううん……なんとかできるかも」

私は鳥子に顔を向けた。

「前にさ、鳥子の左手って何を触ってるんだろうって話をしたじゃん。怪談の枠組みそのものを触ってるんじゃないかって。だとしたらさ、るなが影響されてる〝怪談の枠組み〟に触って、それを引っぺがすことも可能だと思わない？」

鳥子は自分の手を見下ろして言った。

「理屈はそうかもしれないけど、今のところ触れそうなものが何もないんだよね。空魚には見えてる？」

「……見えてない」

改めてるなを右目で見ても、何も引っかかるものはなかった。

でも、考えてみるとそれ自体がおかしい。るなの行動が裏世界に影響されているとしたら、何かしら知覚できてもいいはずだ。それとも昼間に辻が言っていたように、私たちの閾値の外で何かが行なわれているのだろうか？

悩んでいると、辻が言った。

「それじゃあ、潤巳くん自身にやってもらったらどうかな」

「何をですか？」

「自分に対して追儺をやるんだ。ほら、私がＬＢＲＰをやったみたいにさ。自分の認識を祓うことで、現実を書き換える」

「そんなこと言われても……。私、あんな変な儀式できませんけど」

「君には〈声〉があるだろ？　確かあれは、人を操るだけじゃなくて、周りに対してスキャンみたいなことができたはず。違った？」

確かにその通りだ。閏間冴月の葬儀の際、るなには〈声〉を使ってこっくりさんのチューニングのような真似をしてもらったのだ。

言われたるなは見るからに困惑していた。

「やってみることはできますけど……それ、お祓いとは違いません？」

「形式にこだわることないよ。私の哄笑みたいなことをすればいい」

「辻さんみたいには笑えませんよ、私」

「言ったでしょ、強い感情の発露ならなんでも使えるって。声は感情を乗せるのに最適な媒体だよ。君の思いを、鬱憤を、全部吐き出すつもりでやってみたらいいんだ」

るなは下を向いて黙り込んだ。

「るな、どう？」

そう訊いた私に答えずに、るながすうっと大きく息を吸い込んだかと思うと——

——叫んだ。

ものすごい声だった。怒り、悲しみ、不満、ありとあらゆる感情が乗った絶叫が、るなの喉から迸（ほとばし）った。私の右目には、るなの喉の奥が青白く発光して、そこから銀色の輝線が爆発したように広がるのが見えた。そこにいた私たちを貫通して、果てのない白い空間をどこまでも広がっていく。

それは悲鳴だった。誰か来て、助けてくれと、るなの存在のすべてが泣き叫んでいた。

〈声〉の影響を受けたのは、私たちではなかった。

銀色の線が空中で方向を変えて、何かの輪郭を象ったように見えたかと思った次の瞬間。何千本もの針金に絡め取られるように、私たちのいる空間が歪み、ねじれ、ただとてつもなく大きいということしかわからない目に見えない塊が、空中から引きずり出された。

「な……何⁉」

仰天する私たちの前で、巨大な不可視の塊が落ちて跳ねる。るなの〈声〉に捕らわれたそれは、白い空間の中を生きもののようにのたうちまわっていた。塊の上に三つの赤い光が点って、こちらに向けられる。正三角形に配置された光点の中心に、空間が落ち込むようにぽっかりと穴が開いた。その真っ暗な穴の中から、二つの意味に聞こえる声がした。

――厭（いと）わしやのう。

――愛（いと）しやのう。

「シシノケ……!?」

「これかあ！」

辻が大きな声を上げた。

「私が感じてたの、こいつだ！　〈牧場〉に来てから私たち、ずっといたんだ、こいつの中に！」

るなの悲鳴は続いていた。トランス状態に陥っているのか、白目を剝いて叫び続けるるなの身体を、何本もの細い棘が貫いている。シシノケの身体から生えている棘だ。

「鳥子！」

私は咄嗟に、さっき奪ったマカロフを差し出した。鳥子が銃を受け取り、手の中で安全装置を外す。のたうちまわる塊に駆け寄る私に、鳥子が追いついてくる。

小山のようなシシノケの頭部が、私たちを見下ろす。私が右目で睨み返すと、目に見えなかったシシノケが、徐々に姿を現してくる。チャンネルが合った——捕まえた！

「いいよ、鳥子。撃って！」

鳥子が両手で構えたマカロフを、シシノケの真っ黒な穴に突きつけて撃った。銃声が続けざまに響いて、シシノケの巨体が痙攣する。

弾倉が空になるまで撃ちきると、シシノケの身体は輪郭を失って、霧散していった。

〈声〉が捕らえていたものがいなくなると同時に、るなの悲鳴はゆっくりとフェイドアウトしていった。がっくりと前に突っ伏するなを、辻が抱き留める。

「あ……え……？　私……？」

「がんばった、がんばった」

トランス状態から醒めつつあるるなの背中を、辻がねぎらうように撫でる。るなの身体に突き刺さっていたシシノケの棘はもう見えない。

「潤巳くん、日本語の〝愛しい〟って言葉の語源を知ってる？」

るなに言い聞かせるように、辻が言った。

「嫌いだ、いやだという意味の〝厭う〟なんだよ。それが小さくて弱いものへの、気の毒だ、かわいそうだという意味で使われるようになって、かわいい、愛おしいという意味になった。つまり、愛しいという言葉には厭わしいという意味が常に含まれているんだ」

「……なんの話ですか」

「好かれてるとか、嫌われてるとかは、君が思うほど単純じゃないって話」

辻に手を引かれて、るながよろよろと立ち上がる。私と鳥子を見て何か言おうとして、咳き込んだ。あれだけ全力で叫んでいたら無理もない。

「何が……どうなりました？　私……」

かすれ声で言うるなの目から、一筋の涙がこぼれた。

「え、あれ」

るなが戸惑ったように目を擦る。

「いいよ、我慢しなくて」

いつになく優しい気持ちになった私がそう言ったのに、るなはスンッと鼻を啜って涙を引っ込めてしまった。

「泣きませんよ。紙越さんじゃないんですから」

「は？　泣いてないけど、私」

「泣いてたじゃないですか、私の膝枕で——」

「おまぁ!?」

口が滑ったことに気付いたのか、るなが口を押さえる。

「ごめんなさい、なんでもないです」

謝るな!!

咄嗟に隣を見てしまう。必然的に鳥子と目が合う。

私をまっすぐ見つめながら、鳥子が言った。

「——膝枕って、なに？」

参考文献

本作は先行する多数の実話怪談・ネットロアをモチーフにしている。その中でも特に、直接引用させていただいたものについて記す。本篇の内容に触れているので、ネタバレを気にされる方はご注意を。

■ファイル27　獅子の卦

本章で登場する「シシノケ」の出典は、2ちゃんねる掲示板のニュース速報（VIP）板「変なものを見てしまった。」スレッド（二〇一〇／四／一二）で、スレ主によって語られた体験談である。石川県のとあるキャンプ場で、剛毛の生えた三つ目の大ナメクジのようなものに遭遇したというこの話は、後に同名の別スレッド（二〇一〇／一〇／一〇）で、元の話の体験者が相談した神社の神主の息子と称する人物によって、体験者が階段から落ちて意識不明になったという報告で終わる。

目が三つあり、針のような剛毛を持つというシシノケの造形は、ラムジー・キャンベルの短篇小説『湖畔の住人』に登場する湖に住む神、グラーキを連想させる。

■ファイル28　カイダンクラフト

この賞は特定の怪談をモチーフにしていない。

小桜との会話の中で空魚が「アイスの棒が出てくる怪談」は、怪談ツイキャス『禍話』第五夜（2）で語られた「アイスの森」のことである。同じく、「金縛り中に見たものがヤカンだった」というのは、とり・みき『愛のさかあがり』（ちくま文庫、一九九五）に出渕裕氏の体験として描かれた話を指している。なお二〇二四年現在、ツイッター（自称X）を「金縛り　やかん」で検索すると、映画ライター「人間食べ食べカエル」氏の体験談が出てくる。金縛り中にヤカンに遭遇した体験が少なくとも二件記録されているという事実は、金縛りという「ありふれた」現象の奥深さを物語っている。

■ファイル29　第四種たちの夏休み

この章は特定の怪談をモチーフにしていない。

作中で語られているとおり、「キメラハウス」の名前はアメリカの都市伝説から取られている。あらゆる恐怖が詰め込まれたこの十三階建てのお化け屋敷は、入場時に一定の金額を支払うよう求められ、フロアを一つクリアするごとに返金されるのだという。しかし、すべてのフロアをクリアできる者は誰もおらず、挑戦者は一人も帰ってこないのだとか。挑戦者を殺すだけでなくお金もしっかり回収するという意思を感じるのが面白い話だが、今作では名前のみの引用に留まる。

毎度のことながら、直接的、間接的に影響を受けたネットロア・実話怪談の報告者各位に対して感謝を述べたい。いつも楽しく怖がらせていただいて、ありがとうございます。本書がささやかな恩返しになればと願っています。

本書は、書き下ろし作品です。

著者略歴　秋田県生，作家「神々の歩法」で第６回創元ＳＦ短編賞を受賞　著書『そいねドリーマー』『ウは宇宙ヤバイのウ！〔新版〕』（ともに早川書房刊）他多数

HM=Hayakawa Mystery
SF=Science Fiction
JA=Japanese Author
NV=Novel
NF=Nonfiction
FT=Fantasy

裏世界ピクニック９
第四種たちの夏休み

〈JA1573〉

二〇二四年五月二十日　印刷
二〇二四年五月二十五日　発行

著者　宮澤伊織
発行者　早川浩
印刷者　西村文孝
発行所　株式会社早川書房

（定価はカバーに表示してあります）

郵便番号　一〇一 - 〇〇四六
東京都千代田区神田多町二ノ二
電話　〇三 - 三二五二 - 三一一一
振替　〇〇一六〇 - 三 - 四七七九九
https://www.hayakawa-online.co.jp

乱丁・落丁本は小社制作部宛お送り下さい。
送料小社負担にてお取りかえいたします。

印刷・精文堂印刷株式会社　製本・株式会社フォーネット社

ISBN978-4-15-031573-3 C0193

本書は活字が大きく読みやすい〈トールサイズ〉です。